L'ODEUR DE LA PLUIE

L'autrice

Gwendoline Vervel a grandi dans le Nord de la France. Alors qu'elle use ses jeans sur les bancs de la fac, elle s'aventure sur les plateaux de tournage et découvre la magie du cinéma. Mais l'appel de l'écriture se fait bientôt ressentir et la ramène à sa première passion : raconter des histoires. En parallèle du développement de plusieurs projets de romans, elle est aujourd'hui scénariste pour la télévision.
L'Odeur de la pluie est son premier roman.

Cet ouvrage est également disponible au format numérique.

8 rue Saint-Marc, 75002 Paris
www.scrineo.fr
Diffusion : Interforum

Directeur éditorial : Jean-Paul Arif
Éditrice : Floria Guihéneuf
Mise en page : Céline Ranger
Correction : Maxime Gillio
Sensitivity reader : Élian Barcelo
ISBN : 978-2-36740-928-3
Dépôt légal : avril 2021

Gwendoline Vervel

L'ODEUR DE LA PLUIE

ScriNeo

À celles et ceux qui naviguent en eaux troubles au lycée…
pour qu'ils gardent espoir en des lendemains meilleurs.

Avertissement

Nous informons nos lecteur.rice.s que ce roman aborde des sujets durs tels que le viol, le harcèlement scolaire et les agressions LGBTophobes. Le contenu de cet ouvrage peut être difficile à lire pour les lecteur.rice.s ayant subi ces traumatismes.

Si une personne de votre entourage, ou vous-même, êtes victimes de ces actes, nous vous invitons à ne pas rester seul.e et à en parler à une personne de confiance. Vous trouverez une liste de contacts et d'informations à la page 247 de ce livre.

Mélodie – À la vitesse de l'éclair

J'en ai encore pour deux minutes

22 h ! Grouille-toi !!

Y'a mon vernis qui sèche…
un nouveau rose fluo ♥♥

T'es sérieuse, meuf ???

Je teste pour la rentrée. T'as le matos ?

T'inquiète, j'ai tout ce qu'il faut !

Super ! J'arrive dans cinq minutes.

Un dernier coup d'œil dans le miroir et je file rejoindre Faustine : vernis sec, combi-short ajustée, maquillage léger…

— Mélodie ! Ça fait une heure que t'es là-dedans ! Sors !

Il ne manquait plus que mon frangin : Lucien, geek invétéré, toujours planté devant son ordi et accessoirement étudiant en BTS aéronautique. Il est un peu relou mais c'est la personne que je préfère dans cette maison. Il n'est pas bavard mais sait m'écouter quand il le faut, contrairement aux autres membres de cette famille.

Je sors sans le calculer et il rentre dans la salle de bains en me bousculant. Je riposte et on commence à se battre en rigolant lorsqu'on entend les parents commencer une de leurs conversations à voix basse. Chaque fois, c'est la même chose : ils pensent qu'on n'entend rien. Évidemment, ils se trompent complètement. Leurs messes basses, ça ne peut vouloir dire qu'une chose : le compte en banque est encore dans le rouge.

Lucien me fait signe de ne pas faire de bruit et on avance doucement sur le palier. En bas, dans la cuisine, ma mère est au bord des larmes.

— … *un licenciement économique…*

— *On va s'en sortir, Christine. Mais je ne vais plus pouvoir aider ma mère à payer sa maison de retraite.*

— *Et si on la prenait à la maison, Pierre* ?

Avec Lucien, on prend la dernière remarque de ma mère comme une gifle. Non seulement on vit dans une petite maison, déjà juste pour nous quatre, mais en plus on va devoir partager l'espace avec mamie Odette. Mon père a l'air d'accord avec ma mère. Il poursuit les réjouissances :

— … *soit Lucien se débrouille tout seul à la rentrée pour se trouver un logement, soit ils vont devoir partager la même chambre avec Mélodie. Comme ça, on aura de la place pour ma mère en attendant de redresser la situation…*

Pour mon frère et moi, c'est la douche froide. On a la même réaction : même pas en rêve ! Les parents continuent de s'inquiéter mais je me tire. J'en ai assez entendu. Et puis c'est leur faute après tout si on vit comme des cassos. Quelle femme reste mère au foyer aujourd'hui alors que son mari galère avec son microsalaire de soudeur ? C'est pour ça que j'ai toujours tout misé sur les cours :

pour devenir quelqu'un et avoir un salaire de malade tous les mois. Plus de misère, plus de parents fauchés, plus de mémé à la maison : la liberté !

Je prends mon sac dans ma chambre. Je remarque que la semelle de mes sandalettes se décolle. À la place, j'enfile les tennis à fleurs : toujours être impeccable en toutes circonstances ! Quand je repars vers la salle de bains, Lucien écoute encore la conversation des parents et me fait signe que c'est de pire en pire. Alors je n'ai aucun scrupule. Je lui fais signe en retour que je m'en vais. Je fais le mur par la fenêtre de la salle de bains.

Les derniers jours du mois d'août sont encore moites, malgré l'averse qui vient de tomber. Mais une petite brise fait voler doucement mes longs cheveux bruns. En prenant appui sur la poubelle de tri sélectif pour retrouver le plancher des vaches, j'entends un scooter. Les choses deviennent enfin intéressantes ! Je me mets sur la pointe des pieds pour voir qui arrive chez les voisins et là, je l'aperçois sur un scooter rouge tout neuf : Timothée Colin, l'un des garçons les plus cool du lycée dans lequel j'entre dans trois jours. Il passe en première cette année. Je ne peux pas m'empêcher d'avoir un sourire jusqu'aux oreilles. Timothée klaxonne et Malik sort de chez lui.

Malik, c'est un de mes copains d'enfance. Pas de ceux qu'on se fait à l'école. Non. On est devenus potes parce que nos mères étaient amies. On se connaît très bien, même si depuis qu'il est entré au lycée, on ne se fréquente plus vraiment.

Sans même réfléchir, je descends de la poubelle, je me recoiffe rapidement et je me pince les joues. Après une grande inspiration, je sors du jardin de mes parents.

Malik rigole avec Timothée, qui descend de son scooter et enlève son casque. Pas mal le beau gosse du bahut. Je passe à côté d'eux, Malik me salue. Je fais la même chose, un grand sourire collé sur mon visage… mais Timothée me met un vent. Je suis comme un fantôme : totalement invisible à ses yeux. Je suis dégoûtée.

En tournant au coin de la rue, je tombe sur mes potes du collège, Jimmy et Loïc. Ils sont souvent à la sortie de la cité-jardin où j'habite : on appelle ça aussi les corons, les anciens logements des mineurs. Jimmy vit à quelques rues de chez moi et Loïc est toujours fourré chez lui.

Loïc me voit le premier.

— Oh non ! Encore elle !

Et il se marre. Ce n'est pas vraiment drôle mais c'est le rituel. Alors je joue le jeu, tout en regardant Timothée et Malik sortir de la cité en scooter.

— Vous traînez encore dans les rues, les mecs.

Jimmy me regarde, un peu timide. Il se dandine d'un pied sur l'autre et sourit nerveusement. Je crois qu'il en pince pour moi. Son air fébrile chaque fois qu'il me croise m'amuse beaucoup. Loïc reprend la joute verbale :

— Qu'est-ce qui t'arrive ? Une crise de somnambulisme ?

— Moi, les mecs, on m'attend !

Je fais un clin d'œil à Jimmy et il réagit comme je le pensais : il rougit. Je ne peux pas m'empêcher d'éclater de rire.

Faustine m'attend à quelques rues de là. Elle tourne comme un lion en cage. Je me prends une rafale dès qu'elle me voit arriver : elle ne peut pas s'en empêcher. J'aurais pu me dépêcher mais ça m'amuse de la faire enrager. Pour lui faire plaisir, je cours quand même pour la rejoindre.

— C'est pas ma faute, tout le monde s'est donné rencard dans la cité ce soir.

Faustine grimpe sur son vélo.

— Qui ?

Je m'assois sur son porte-bagages.

— Je me suis pris le vent du siècle par un des frères Fish and Chips.

Les frères « Fish and Chips », c'est le surnom que tout le monde donne aux frères Colin, parce qu'ils partent un mois tous les étés à Londres. Moi j'en rêve et pourtant tous les étés, c'est la même histoire : pas assez d'argent pour partir de ce trou perdu.

— Timothée ou Louis ? me relance Faustine.

Je pouffe de rire. Faustine en pince clairement pour Timothée depuis des années. Elle croit que je ne l'ai pas remarqué. Elle pense tout le temps que je suis trop centrée sur mon nombril et que je ne me préoccupe pas d'elle. Mais c'est totalement faux. Je lui explique où j'ai vu Timothée et elle pédale de plus belle. Parce qu'on n'est pas en avance pour notre rituel annuel. Et le rituel, c'est sacré !

*

Dix minutes plus tard, on arrive à destination : notre QG. Un espace vert à la sortie de la ville, près du canal. On peut sentir l'humidité de la terre avec cette pluie qui est tombée un peu plus tôt. L'odeur est agréable et la soirée d'autant plus cool que mes parents ignorent que je ne suis pas dans ma chambre.

Une bande de garçons traîne au bord de l'eau. On ne les voit pas, mais ça chahute pas mal. Ils ont l'air très chauds, même pour un vendredi soir. On ne fait pas de bruit parce que notre mission est top secrète : personne ne connaît notre planque ni ce qui est caché à l'intérieur.

Faustine sort de son sac à dos une boussole qu'elle me donne. Elle s'empare ensuite de la truelle à fleurs de sa mère. Ça me fait penser à ces mamies qui jardinent avec leurs gants, leurs chapeaux de paille et leurs tabliers démodés. Quand j'imagine Faustine habillée comme ça, je manque d'éclater de rire. Ça l'agace et elle me mime un « chut ». J'essaie de reprendre mon sérieux, mais je n'y arrive pas.

On marche en direction de l'ouest, vingt pas depuis le vieux chêne. Là, Faustine creuse. Rapidement, elle tombe sur notre trésor : une vieille boîte métallique à l'effigie délavée de Bécassine. C'est une boîte à sucre qu'Ève, sa mère, avait achetée la première année où elle m'a emmenée en vacances en Bretagne. Ève n'a jamais pu s'en servir, parce que Faustine l'a prise en douce pour qu'elle devienne notre boîte à prédictions. Un truc qu'on avait vu dans une série et qu'on trouvait trop cool. Notre rituel depuis notre entrée en CM1.

On y est enfin. J'échange un grand sourire avec Faustine. C'est toujours très excitant de faire ça avant la rentrée scolaire. En ouvrant la boîte, on retrouve notre carnet. À chaque page, une année scolaire figure en tête, avec des objectifs et des promesses qu'on s'est faites l'une à l'autre. Des serments d'amitié à la vie à la mort, remplis de pour toujours et à jamais. J'avoue, j'aime beaucoup énerver Faustine, parce qu'elle part au quart de tour. Je trouve souvent qu'elle a mauvais caractère et qu'elle ne s'ouvre pas assez aux autres. Mais c'est la personne que j'aime le plus au monde.

— Alors ? Qu'est-ce qu'on espère pour notre première année au lycée, Mel ?

Je prends le temps de réfléchir, parce qu'il faudrait quelque chose d'important. Après tout, le lycée c'est un sacré changement : on va entrer dans la cour des grands !

Je m'apprête à demander à Faustine ce qui pourrait être vraiment mémorable, quand on entend des voix qui viennent dans notre direction. Par réflexe, je pose le sac à dos de Faustine sur le trou dans la terre et la boîte métallique. Faustine me donne un coup de coude dans les côtes. J'ai envie de râler mais je vois tout de suite pourquoi elle a fait ça : Timothée, Malik et Louis Colin – le frère aîné de Timothée, une véritable légende – avancent dans notre direction. Ils sont en pleine conversation. Je fais signe à Faustine de les ignorer et de faire semblant de discuter. Elle reste les bras ballants, incapable de faire ou de dire quoi que ce soit. Ils passent à dix mètres de nous, sans nous voir, mais cette fois, je refuse que ça se termine avant même d'avoir commencé. J'éclate de rire. C'est très exagéré, mais je ne vois pas quoi faire d'autre. Faustine ne comprend pas tout de suite ce que je fais, alors je la pince.

— Aïe ! T'es folle…

— Écrase, je lui chuchote.

Je me remets à rire comme une bécasse tout en lui faisant les gros yeux. Elle a l'air d'un poisson rouge, la bouche grande ouverte. À un moment, elle finit par piger le truc et se met aussi à rire maladroitement. Je suis soulagée, mais qu'est-ce qu'on a l'air bêtes, au milieu de nulle part à rire pour rien ! C'est tellement absurde comme situation que ça finit par nous faire rire aux larmes pour de bon. À tel point que j'oublie pourquoi on fait n'importe quoi jusqu'à ce que j'entende sa voix.

— On peut rire avec vous ?

Je tourne la tête. Timothée est juste devant nous. Un peu plus loin, Malik discute à voix basse avec Louis, qui tient une bouteille dans un sac en papier.

— On s'est croisés tout à l'heure, non ?

J'acquiesce. Il me fait un grand sourire, c'est à n'y rien comprendre. Je lance rapidement un regard vers Louis, qui ne tient pas en place. Ils semblent tous avoir un peu trop bu, avec leurs regards vitreux et leurs sourires niais. Mais ça ne me gêne pas. Ils nous ont enfin remarquées.

Louis a l'air de faire la gueule. Timothée me relance :

— Alors ? Qu'est-ce qui vous fait rire ?

— Si je te le dis, tu vas rougir…

Je le regarde bien droit dans les yeux.

Si tu crois que tu m'impressionnes, mon petit pote, tu te plantes complètement.

Ma réponse semble lui plaire, il s'apprête à surenchérir, quand son frère s'énerve parce qu'il veut partir.

— Désolé pour le rabat-joie, il vient de se faire larguer, précise Tim.

Louis colle la bouteille dans les mains de Malik et part, furieux.

Timothée reste devant nous. Apparemment, l'état de son frère l'amuse beaucoup.

— Si ça vous dit, on fait une fête demain soir.

Je pense que j'ai mal entendu. Comme on reste muettes comme des carpes, Timothée insiste :

— Tu demanderas mon adresse à Malik, OK ?

J'acquiesce. Timothée est sur le point de rejoindre les autres, mais il se retourne pour ajouter :

— Pas de bêtises en mon absence, les filles !

J'attends qu'ils aient disparu complètement avant de crier de joie.

— Ça y est ! Ça y est ! On fait partie des plus cool du lycée !

Faustine rigole.

— Tu t'emballes un peu, là.

Sa prudence m'agace. Je suis certaine que cette invitation va tout changer et je voudrais qu'elle s'en rende compte aussi. Alors je la pique un peu :

— T'es pas intéressée par Timothée peut-être ?

Faustine me regarde et je vois dans ses yeux qu'elle en pince vraiment pour lui.

— Moi, j'aimerais beaucoup consoler Louis de son chagrin d'amour.

Faustine éclate de rire.

— T'oserais pas ?

Je hausse les épaules. Louis Colin, le vainqueur du championnat de France juniors de moto-cross, et accessoirement le mec le plus en vue du lycée… Est-ce que je serais capable de brancher la légende de la ville ? Je crois que j'en meurs d'envie depuis un sacré bout de temps. D'un seul coup, j'ai une super idée et je demande à Faustine de sortir le carnet.

Elle me le tend et j'écris :

Pacte dentrée au lycée : cette année avec Faustine, on va sortir avec les frères Fish and Chips et coucher pour la première fois.

Faustine en reste bouche bée.

— Tu vas trop loin, meuf…

Je refuse qu'elle se dégonfle et me laisse tenter cette nouvelle aventure toute seule. La pluie se met soudain à tomber : des gouttes éparses et fines, qui font remonter la fraîcheur de l'herbe sur laquelle on est assises. Je sens le doux parfum de cette fin d'été. C'est notre moment. Mon moment. Tout est enfin possible. Je le sais. Je le sens au plus profond de moi. Plus rien ne sera comme avant à partir de ce soir. Je suis obligée de jouer sur la corde sensible pour convaincre Faustine.

— On a toujours tout fait en même temps. Amies à la vie à la mort. C'étaient pas des paroles en l'air, si ?

Faustine est sérieuse tout à coup, malgré les gouttelettes qui ruissellent doucement sur son visage.

— Bien sûr que non.

Je la serre dans mes bras et elle me rend mon étreinte. Et puis je lui tends le carnet.

— Cette année va être inoubliable, je te le garantis.

Faustine hésite une seconde avant de prendre le stylo et de signer en bas de la page.

En réalisant ce qu'on vient de se promettre, on a toutes les deux un peu le vertige. Tout excitées, on éclate de rire lorsque la pluie redouble d'intensité. L'eau ruisselle sur l'asphalte à quelques mètres de nous.

L'odeur qui remonte du macadam est très agréable.
C'est l'odeur de la liberté.
Le pacte est lancé : *Game on!*

Faustine – La tête dans les nuages

Samedi 29 août

C'était vraiment une étrange soirée hier. Entre notre mission secrète et l'arrivée des frères Fish and Chips, j'ai jamais rien vécu d'aussi surréaliste. Et puis le culot de Mel quand même : croire qu'on va réussir à sortir avec eux et en plus... non, je vais rien écrire sur la deuxième partie du pacte parce que ça n'arrivera jamais. Enfin, quand je dis jamais, c'est jamais avec eux et jamais cette année.

C'est IM.PO.SSI.BLE !!!

Mélodie dit que j'ai mes chances avec Timothée. Elle rêve ! Il m'a à peine regardée hier. Je ne lui en veux même pas. Comment il pourrait juste me voir, moi. À côté de Mélodie, je ressemble à rien. Elle est jolie, sûre d'elle et surtout elle est trop à l'aise avec les garçons.

Et c'est vraiment injuste ! Je donnerais tout ce que j'ai pour être à moitié aussi naturelle qu'elle. Mais dès que quelqu'un me plaît, ça me paralyse. Je deviens complètement bête et invisible. Un vrai boulet !

Même si ça me saoule de l'admettre, Mel a quand même raison sur un point : je suis trop renfermée et dès qu'on essaie de m'approcher, je mords un peu. C'est pas que j'ai pas envie d'aller vers les autres. C'est juste que ça me fait complètement flipper…

Toc, toc, toc… Ma mère entre dans ma chambre sans attendre ma réponse. Ça me rend dingue chaque fois. On ne peut pas avoir d'intimité dans cette maison. Bien évidemment, elle ne comprend pas ce que j'ai de si important à faire sans être dérangée. Je n'ai pas l'intention de lui dire que j'écris un journal intime depuis la quatrième. C'est vrai, c'est très personnel comme truc. À noter pour plus tard d'ailleurs : trouver une meilleure planque. Parce que sous mon matelas, c'est pas très discret finalement.

— … Faustine, tu m'écoutes ?

— Bien sûr, maman.

Elle n'a pas l'air de croire ce que je viens de lui dire. Je ne peux pas vraiment lui en vouloir. La vérité, c'est que je n'écoutais pas, perdue dans mes pensées, comme d'habitude. Je crois que dans ces cas-là, c'est écrit sur mon front : « Faustine est dans la Lune ! »

— Je pars pour ma garde de nuit. Tu te couches pas tard, je te fais confiance.

La confiance de ma mère, c'est très important. Surtout parce qu'on vit juste toutes les deux.

Mes parents sont séparés depuis longtemps. Mon père est quelqu'un d'ultra pris. Un militaire toujours parti aux quatre coins du monde pour son travail. C'est plutôt cool, mais je ne le vois jamais. Je suis quand même vachement fière de lui. C'est vrai, après tout, il est au service de sa patrie. C'est un sacré engagement.

Ma mère, elle, travaille à l'hôpital. Les infirmières sont souvent en sous-effectif et les gardes peuvent vite s'accumuler. Mélodie pense que c'est super d'avoir une mère qui a une vie professionnelle épanouissante. C'est sûr que j'ai beaucoup plus de libertés qu'elle. Mais quand Mélodie a des repas en famille tous les soirs et des fous rires avec son frangin, moi je suis toute seule avec mon plateau télé en train de faire la conversation à la plante verte du salon.

Alors que ma mère se prépare au rez-de-chaussée, on sonne à la porte. Je vais ouvrir. Mélodie est là, avec ses affaires pour la nuit.

C'était pas du tout prévu ça, meuf.

— Daronne en vue… je lui chuchote.

Mélodie balance son sac à dos derrière l'arbre de la voisine. Elle éclate presque de rire quand ma mère arrive, prête à partir.

— Bonsoir, Ève.

— Pas trop tard, les filles, c'est compris ?

On hoche la tête comme des filles obéissantes. Mais je sens déjà le coup foireux. Je connais Mélodie par cœur.

On fait signe à ma mère, qui démarre vite la voiture. Avant que la voisine ne se pointe, on récupère le sac à dos de Mélodie. Une fois à l'intérieur de la maison, elle se marre toute seule.

— C'était moins une. Je dors chez toi ce soir.

Je ne dis rien. Mélodie fait ça chaque fois. Elle débarque la bouche en cœur pour dormir à la maison, quand ma mère est de garde de nuit. On s'amuse beaucoup. On regarde des séries, Mélodie essaie de m'apprendre à me maquiller – ça, c'est vraiment pas gagné – et on fait des jeux de société jusqu'au petit matin.

Mais si juste une fois de temps en temps, elle me demandait mon avis avant de débarquer, j'aurais un peu plus l'impression qu'elle se soucie de ce que je pense. Moi aussi j'ai une vie. Parfois, on dirait que je dois juste faire ce qu'elle veut quand elle veut.

Être à sa disposition. C'est pour ça que je râle beaucoup. Quand je lui parle, elle n'entend pas ce que je dis. Mais quand je m'énerve, elle est bien obligée de m'écouter.

— … il faut qu'on se dépêche.

Ça y est, ça recommence… Je n'ai pas entendu le début de la phrase.

— Pourquoi ?

— La soirée des frères Fish and Chips, je viens de te le dire !

Pardon ? Elle était vraiment sérieuse hier soir ?

— Mais non, meuf, j'y vais pas. J'attends Loïc et Jimmy pour la soirée jeux.

Mélodie me regarde comme si elle ne m'avait pas entendue.

Est-ce que c'est la tête que je fais quand je n'écoute pas les autres ?

— Une occas' comme ça, ça va pas se présenter deux fois.

Je ne sais pas pourquoi je m'étonne qu'elle me pousse encore à l'accompagner dans une soirée où elle est la seule à vouloir aller. J'essaie de lui tenir tête mais elle se marre. Elle m'agace quand elle fait ça. Parce qu'elle sait qu'elle a déjà gagné. Pourtant, elle joue à notre petit jeu habituel : le chantage affectif.

— Tu peux pas me laisser y aller toute seule. Je te promets qu'on va bien rigoler et que je resterai avec toi tout le temps.

Mélodie me fait son regard de chien battu. Elle saute déjà dans l'escalier et se précipite vers ma chambre avant que je n'ajoute quoi que ce soit.

— Suis-moi, je vais te trouver *THE* tenue pour *tonight* ! Tu vas faire craquer Tim, c'est garanti !

Il est hors de question qu'elle me déguise. Même pour aller voir Timothée.

Et depuis quand elle l'appelle Tim d'abord ?

*

Une heure plus tard, on a planté nos potes. Mélodie les a baratinés en les regardant droit dans les yeux. Pour elle, il n'y a pas de mal à inventer un petit mensonge, une fois de temps en temps. Pour ménager ses amis. Je ne suis pas certaine d'être d'accord avec elle. Et j'ai un peu honte d'avoir posé un lapin à Loïc et Jimmy. Il faudrait que je sache tenir tête à Mélodie. Que j'apprenne à lui dire non. Mais ça non plus, c'est pas gagné.

Lorsqu'on arrive devant chez les frères Fish and Chips, je suis impressionnée. La maison est tellement grande qu'on se demande si on ne va pas se perdre à l'intérieur.

Je vois les yeux de Mélodie. C'est comme dans les cartoons, quand le loup voit une jolie fille. Elle a les yeux qui sortent de leurs orbites. Les parents de Tim et Louis ont des super boulots. La grande pharmacie du rond-point appartient à leur mère et leur père est directeur des ressources humaines d'une grosse boîte automobile (et accessoirement adjoint du maire pour la culture et les sports). Pas étonnant que leurs fils soient si populaires, avec les soirées démentielles qu'ils donnent. Avoir autant d'argent, ça aide. Être beaux gosses, ça joue aussi.

On avance pour sonner à la porte juste au moment où deux filles trop belles et trop bien sapées passent. Elles avancent directement dans le jardin derrière la maison, là où on entend la musique à fond. Avec Mélodie, on rigole : on a bien failli se taper la honte.

Arrivées dans le jardin, on voit tout de suite que la propriété aussi est gigantesque. À ce niveau-là, je crois qu'on appelle ça un parc. Je reste bouche bée en voyant le monde qui grouille sur la pelouse près de la piscine.

Je reconnais rapidement quelques têtes : Louis joue le DJ improvisé derrière son ordinateur portable, Malik sert de barman à côté de Timothée, qui s'occupe du barbecue. J'ai l'estomac dans mes chaussures et le cœur dans la bouche en voyant Timothée, avec sa chemise hawaïenne. Quand je me retourne pour en toucher deux mots à Mélodie, elle est déjà partie rejoindre Malik.

Super, meuf, t'as pas de parole.

Je reste quelques minutes à sauter d'un pied sur l'autre, à avancer doucement dans le jardin et à observer ce qui se passe. Je connais quasiment tout le monde du collège. On a quelques années de différence, alors forcément, on ne s'est jamais vraiment parlé. J'essaie d'arriver l'air de rien près de Mélodie. Elle me saute dessus.

— Les mecs, c'est ma meilleure amie, Faustine.

Malik avance vers moi, les yeux brillants. Je crois qu'il a trop joué au barman, mais il est plutôt sympa avec moi.

— La meilleure pote de Mélodie… Là, c'est Julien…

Il me montre le garçon à côté de Timothée. Je le connais de vue, il passe aussi en première.

— … et là Mister Bouclettes, c'est Pavel, le pote de Louis…

Pavel me fait un signe rapide. Il est entre Louis et une jolie blonde.

— … à côté de Pavel, c'est Amélie, la copine de Louis…

Je jette un œil à Mélodie qui blêmit. Apparemment, son plan pour consoler Louis tombe complètement à l'eau. Je suis dégoûtée pour elle. Elle me fait un petit signe de tête pour me dire que ça va.

— … et là, collée à Timothée, c'est sa copine Sofia.

Le sol s'effondre sous mes pieds au moment où Mélodie me prend le bras. Elle me serre fort. Je n'entends plus ce que les autres disent autour de moi.

Si je suis totalement honnête, je suis amoureuse de Timothée depuis l'école primaire. Je tremble chaque fois qu'il passe à côté de moi depuis le jour où il a ramassé ma serviette à la cantine et me l'a tendue en me souriant. Mélodie me chuchote à l'oreille qu'elle gère la situation et je la vois aller chercher un verre au bar.

Malik essaie d'être sympa et me tend aussi un verre. Je suis polie, je le prends. De loin, ça a une drôle d'odeur, mais on dirait du jus d'ananas. Je ne suis pas sûre de ce que je dois faire.

Alors que Mélodie revient, Malik propose un jeu : le cap's. On joue par deux, l'un en face de l'autre. Il faut faire tomber la capsule sur la bouteille de la personne en face de nous en lançant notre propre capsule. Si on réussit, il boit.

Mélodie joue avec Malik. Je me retrouve en face de Julien. Il fait des blagues pour me détendre. C'est gentil. Mais ça ne fonctionne pas vraiment.

En peu de temps, j'ai été obligée de boire les trois quarts de mon verre. Le goût est bizarre. On dirait qu'il y a beaucoup d'alcool dans ce jus d'ananas. Plus je bois, moins je réussis à viser. À un moment, j'ai tellement la tête qui tourne que je m'avoue vaincue et je pars marcher devant la maison en faisant signe de la main à Mélodie que je reviens. Je ne suis pas sûre qu'elle m'ait vue. Elle a l'air vraiment douée à ce jeu. C'est Malik qui prend cher. Ça me fait rire. J'éclate de rire toute seule. J'ai la tête dans du coton et j'ai l'impression de tanguer. Je suis bourrée. C'est la première fois, alors je fais un vœu.

Je m'allonge dans la pelouse juste devant la porte d'entrée. Le ciel tourne un peu au-dessus de ma tête. Je ferme les yeux. Dans ma bulle, j'imagine très bien la soirée que j'aurais voulu passer…

… Timothée est très énervé quand on arrive avec Mélodie. Sofia, sa copine, lui fait une scène. Il a l'air saoulé et l'envoie un peu promener, sauf qu'elle revient vite à la charge. Là, c'est plus fort que lui, il rompt avec elle. Sofia est tellement lourde que tout le monde lui dit qu'il a bien fait. Malik va même jusqu'à lui dire qu'il y a plein d'autres filles tellement plus cool. Et puis, à ce moment-là, Tim nous voit avec Mélodie. Mais contrairement à la veille, c'est à moi qu'il s'adresse. Au début, je suis un peu

timide. Je ne sais pas trop quoi lui dire. Mais rapidement, on se trouve plein de points communs. On aime les mêmes films, on regarde les mêmes séries… c'est génial ! En fin de soirée, il insiste pour me raccompagner. Sur le pas de la porte, il tente de m'embrasser…

Mon rêve s'arrête au moment où deux personnes arrivent du jardin en se disputant. Je crois encore rêver quand je me rends compte qu'il s'agit de Timothée et Sofia. Je me cache pour écouter leur conversation et je me frotte les mains à l'avance. Peut-être que je ne rêve pas éveillée la plupart du temps.

J'ai peut-être des prémonitions.

— … tu veux toujours me voir à tes soirées avec tes potes, mais tu me calcules pas ! Par contre, tu sais très bien débarquer chez moi pour avoir ce que tu veux et repartir aussi vite.

Timothée soupire un peu mais peine surtout à garder son sérieux.

Est-ce qu'il aurait bu la même chose que moi ?

Sofia part furieuse, Tim rit plus fort.

— Le prends pas comme ça !

La phrase de Timothée n'a aucun effet sur sa copine. Elle a déjà tourné au coin de la rue. On dirait plus son ex que sa copine au signe d'au revoir qu'il lui lance.

— Bon débarras !

Ça y est, c'est *mon* moment. Il est seul. On est faits pour être ensemble, c'est sûr et certain. Je vais me lever. Il faut juste que mon cerveau donne l'impulsion à mes jambes et je vais me lever... Quand je regarde du côté de Tim, il n'est déjà plus là.

Je ne suis absolument pas à la hauteur de ce que j'avais imaginé. Je ne vois pas vraiment pourquoi je m'étonne. Les choses finissent rarement comme je l'imagine.

Je n'ai jamais eu le prix du conservatoire en piano parce que je n'ai pas osé jouer le morceau le plus difficile. Je n'ai jamais le dernier cookie au chocolat du paquet avec Mélodie parce que je n'ose pas le lui demander. Et là, je ne saurai jamais si Tim peut m'apprécier si je n'ose pas aller lui parler...

Je me lève comme je peux et je me précipite dans le jardin. Tout en marchant, je me dis que je vais bien trouver quelque chose à lui dire. N'importe quoi. Une banalité. Une blague. Une anecdote sur le chanteur de la musique qui passe. Mais je ne connais pas ce groupe.

J'avance jusqu'au bar improvisé de Malik. Il y a moins de monde déjà. Des petits groupes se sont formés aux quatre coins du jardin. C'est plus calme. J'entends des gens rire. D'autres se sont un peu éloignés pour s'embrasser. J'ai chaud tout à coup. Je crois bien que je rougis comme une tomate.

— Malik, t'as pas vu…

Je n'ai pas le temps de terminer ma phrase. Timothée sort de la maison, sa chemise hawaïenne ouverte. Alors qu'il prend une bouteille et en verse le contenu dans deux verres, je me dis que c'est maintenant. Il est à un mètre de moi.

J'ai les mains moites et la gorge sèche. Et je ne sais absolument pas quoi dire. On dirait que j'ai été lobotomisée. Il ne semble d'ailleurs pas me voir. Il est sur le point de partir, alors j'avance maladroitement vers lui. Au lieu de lui sortir une phrase choc, je lui rentre dedans. Quand il voit ma tête pleine de jus d'ananas, Timothée rigole. Je reste complètement tétanisée, trempée de la tête aux pieds. Il le voit et me tend une serviette en papier.

Ça me rappelle le jour où je suis tombée amoureuse de lui.

Il essuie rapidement sa chemise de la main.

Et puis au lieu de faire quelque chose de romantique, il m'ébouriffe les cheveux comme si j'étais sa petite sœur.

Je n'ai pas d'expérience avec les garçons, mais dans les séries, ce genre de mouvement n'est vraiment pas bon signe.

Je suis déçue.

Je capte un morceau de la conversation entre Malik et Timothée.

— … je te prends au cap's, Tim ?

— On m'attend au sous-sol.

Timothée se met à rire. Les deux garçons échangent un regard complice.

— Fais gaffe quand même, je connais ses parents…

Timothée part en faisant semblant de n'avoir rien entendu.

J'ai peur de comprendre.

Je regarde autour de moi. Je la cherche partout mais la réponse est claire : Mélodie est partie au sous-sol avec Tim.

Avec MON Tim.

Malik me demande si je veux jouer.

Je ne réponds pas.

Je fais demi-tour direct pour rentrer chez moi en mode zombie.

Fred – Ni ciel ni terre

15 x 15 = 225
720 : 80 = 9
200 x 18 = 3600
432 x 31 = 13 392…

— … je te promets, il va très bien.

Quand j'arrive dans la cuisine, Sacha, mon frère aîné, est en pleine conversation téléphonique. L'entendre stoppe net ma gymnastique du matin : il n'y a que le calcul mental qui me calme. Avec la rentrée scolaire aujourd'hui, j'ai besoin d'une sacrée dose de maths. Sacha me tend mon traitement médical et un grand verre d'eau. Il me mime un cul sec et me fait un clin d'œil. Je m'exécute, c'est pour la bonne cause.

— Oui, maman, je lui dirai… Non, il est déjà parti… La prochaine fois. Je t'embrasse.

Sacha raccroche et me fait les gros yeux.

Je sais, c'est moche de le laisser mentir pour moi. Mais là, je n'ai vraiment pas le courage de parler à maman. Je sais qu'elle s'inquiète et que Sacha voudrait que je la rappelle pour la rassurer. Mais c'est trop tôt. Mon frère le sait très bien. Même s'il ne peut pas s'empêcher de jouer les parents de substitution depuis que j'ai emménagé avec lui.

Heureusement que Sacha existe parce que je ne sais pas ce que j'aurais fait sans lui. Les parents se disputaient à longueur de temps, ça devenait invivable à la maison.

— T'as bien noté ton rendez-vous chez le médecin mercredi ?

Comment je pourrais oublier un truc pareil ?

Ce n'est pas un simple rendez-vous avec mon médecin mais avec tout le staff médical de son service.

— J'ai peur qu'ils me donnent de mauvaises nouvelles. Je suis obligé d'y aller ?

— C'est toi qui décides, Fred.

Est-ce que c'était plus simple quand papa ne me donnait pas le choix ?

Peut-être. Mais ça me tuait à petit feu.

— Alors on ira ensemble.

Je prends mon sac à dos : quand il faut y aller…

— Je te dépose au bahut en voiture ?

Je tremble un peu à l'idée de retomber sur le même genre de brutes qui me terrorisaient dans mon ancien collège. C'était l'enfer l'année dernière.

J'attrape ma planche.

Je ne suis pas une victime cette année, mais un lycéen comme les autres.

— Je vais y aller seul.

Je vois bien que Sacha est anxieux. Pour faire diversion, il attrape son borsalino : ce chapeau, c'est sa vie. Il l'a hérité de notre grand-père. Je n'ai jamais eu le droit d'y toucher. Il me le tend. Je n'ose pas y croire. Sacha se marre et me touche le crâne.

Je me suis rasé les cheveux sur un coup de tête hier soir.

— C'est pour cacher la misère.

J'éclate de rire. C'est un peu radical. Mais comme on dit, aux grands maux les grands remèdes ! Je pose le chapeau sur ma tête. Il est un peu large mais c'est trop stylé. Il cache la cicatrice sur mon crâne.

Je visse mes écouteurs sur les oreilles. Je lance mon appli calcul mental en mode audio.

Lycée Rimbaud, j'arrive !

Dix minutes plus tard, je file sur ma planche et je slalome entre les piétons sur le trottoir et le bord de la route. Le vent dans la nuque, je continue de résoudre les opérations pour écraser mon stress :

(448 – 69) x 4 = 1 516

753 x 99 = 74 547

J'aperçois le lycée au bout de la rue. J'ai un peu de mal à déglutir. Je n'ai vraiment pas envie que les choses dérapent cette année. Je vais rester dans mon coin.

Tout va bien se passer.

5 x 2 x 5 x 2 x 5 x 2 = 1 000

3 x 25 x 4 x 5 = …

Aïe ! Je manque de rentrer dans une voiture que je n'ai pas entendue arriver à cause de mes écouteurs. Je l'évite de peu. Le conducteur klaxonne. Alors que je tourne la tête une fraction de seconde, j'entre en collision avec quelqu'un.

Le garçon que je viens de renverser avec ma planche est tombé.

Moi qui voulais passer inaperçu, c'est raté !

Il a à peu près mon âge. Il porte des rollers, qu'il vérifie avant de finalement me sourire. Il me tend la main.

— Tu m'aides, mec ?

Je m'exécute, je suis vraiment gêné.

— Désolé.

— Y a pas de mal. Ce sera pas ma seule gamelle de la journée.

Il me tend à nouveau la main. Je la saisis, un peu étonné de sa cool attitude.

— Malik.

— Fred.

— T'es nouveau ?

J'acquiesce.

— De la chair fraîche de seconde alors !

Chair fraîche ? *C'est pas bon signe ça, non ?*

— T'inquiète, le bahut est cool. Sauf pour les redoublants comme moi.

Je ne trouve rien à lui répondre. Je suis vraiment mal à l'aise. Il y a un blanc de quelques instants, qui me semble interminable. Malik finit par remarquer ma planche.

— Classe le *cruiser*, je peux voir ?

Je lui tends ma planche. Bien sûr qu'elle est classe : j'ai passé tout l'été à la retaper !

— Top pour le *street* ! Moi, j'ai un *longboard* à la maison. C'est plutôt cool, mais rien à voir niveau sensation. Tu me le fais essayer après les cours ?

C'est l'univers complet qui me teste aujourd'hui. Je dois faire profil bas, passer inaperçu et pas socialiser avant même d'avoir mis un orteil dans ma classe.

— Allez, mec ! T'as bien failli me tuer, tu peux faire ça non ?

C'est vrai, je peux faire un effort.

On se donne rendez-vous après les cours.

*

Je suis en seconde B. Je dois aller en classe 208 au deuxième étage du bâtiment de sciences.

Déambuler dans un nouveau lycée, c'est un peu la guerre : les premières et les terminales connaissent le bahut comme leur poche et foncent comme des bulldozers. On reconnaît les secondes tout de suite parce qu'on est les seuls à se demander où on doit aller.

Je finis par trouver la 208 : c'est une salle de chimie. Le prof a une blouse blanche un peu tachée et des lunettes rondes. Dans le genre cliché, on ne fait pas mieux.

Au fond de la classe, Malik est déjà installé. Il me fait signe de le rejoindre. Ça y est. J'ai un pote.

Vraiment ?

C'est un peu bizarre. J'arrive à sa hauteur, quand le professeur l'apostrophe :

— Monsieur Sidi, vous allez vous installer juste devant mon bureau. Comme ça, je vous aurai à l'œil.

Malik est blasé. Il part s'asseoir juste devant le prof et met ses pieds sur le bureau. Ça me fait sourire mais pas le prof.

Je m'assois quand même au fond. Comme ça, je reste sous le radar de tout le monde.

À ce moment-là, une fille entre dans la classe : le genre tendance, avec ses ongles vernis en rose fluo, sa petite frange bien droite et sa robe noire cintrée. Elle me fait penser à toutes ces influenceuses beauté et *lifestyle* sur Insta. Elle fait signe à Malik, qui me montre d'un mouvement de tête.

— Tu peux y aller, il est cool !

La fille avance dans ma direction et me sourit.

— La place est prise ?

— Euh… non.

J'enlève mon sac à dos de la chaise à côté de la mienne.

— Je m'appelle Mélodie.

La sonnerie retentit. Un troupeau d'élèves entre dans la classe, en chahutant et en parlant fort. Ils envahissent toutes les tables.

— Un peu de silence !

Mélodie pouffe de rire en entendant notre prof principal, qui gribouille son nom à la craie au tableau.

— Je m'appelle M. Pullevin et je suis…

Toute la classe se marre en entendant son nom de famille.

— … Ça va ! Toutes les blagues possibles ont déjà été faites…

Mélodie rit aux éclats et me donne un coup de coude dans les côtes.

— Il paraît que la CPE, c'est Mme Salade et le proviseur M. Melaiche.

On échange un regard et on se marre ensemble cette fois. Mélodie a vraiment l'air sympa. Plus elle parle et plus je me détends.

*

À la fin de la matinée, M. Pullevin nous presse tous de sortir. Tous, sauf moi. Je fais signe à Mélodie d'y aller sans moi. Je pense savoir ce qu'il va me dire. Sacha a été obligé de prévenir l'administration du lycée. C'est mieux si personne n'entend ce qui va suivre.

Je traîne les pieds le temps que la classe se vide. J'arrive devant M. Pullevin et il enchaîne :

— Je connais vos besoins particuliers…

Super ! Il a l'air vraiment à l'aise avec ça en plus. Il transpire et regarde ses pieds. On dirait qu'il doit annoncer la mort de quelqu'un.

— … j'y suis très sensible et vous pouvez compter sur mon soutien durant toute l'année…

Je crois qu'il a pris pipeau en option quand il avait mon âge. Tout ce qui sort de sa bouche sonne faux.

C'est affligeant.

— … si vous avez besoin de parler, vous pouvez venir me trouver en salle des professeurs…

Quand on me balance ce genre de discours, j'ai toujours l'impression d'être une chose fragile ou un animal de foire. Ça me rend dingue mais j'écrase. Je préfère que personne ne soit au courant au bahut. Qu'on me traite comme les autres.

— … si vous rencontrez le moindre problème avec votre condition, nous sommes tous à votre écoute…

Ma condition ? Il est sérieux ?

Je doute vraiment qu'un vieux prof, qui ne me regarde pas dans les yeux, puisse faire quelque chose pour m'aider à mieux gérer ma *condition*. Je hoche la tête à tout ce qu'il dit pour abréger mes souffrances. Mais ce type ne semble pas comprendre que je ne veux pas en parler avec lui. Je tourne la tête vers la porte et j'aperçois Mélodie un peu plus loin dans le couloir.

— … avez-vous déjà vu avec votre professeur de sport pour…

— Je suis dispensé de sport toute l'année. Merci beaucoup. Je n'oublierai pas ce que vous m'avez dit. Bonne journée !

Ce que j'ai répondu a l'air de le soulager. Il expire bruyamment comme si on l'avait forcé à me débiter son discours. Il est pas croyable : c'est moi qui devrais me sentir super mal face à son comportement, pas l'inverse. Je déteste les gens qui me traitent comme si j'étais un problème.

Je me dépêche de sortir de la salle. Mélodie m'attend effectivement dans le couloir. Elle s'inquiète mais je lui dis que tout va bien. En réalité, je me contiens mais j'ai envie de hurler. Mes mains tremblent. Je les serre l'une contre l'autre pour que Mélodie ne s'en rende pas compte.

*

Lorsqu'on arrive à la cantine, il y a foule. Mélodie ne trouve pas sa copine. On fait la queue au milieu de toutes les classes mélangées. Un type de terminale tape la discute au pion qui s'appelle Bilal, d'après Mélodie. Ils ont l'air très potes. Le terminale fait un clin d'œil à Mélodie quand elle passe à côté de lui. Elle a un sourire jusqu'aux oreilles. J'ai déjà vu ce mec dans le journal. Un champion de moto-cross junior, je crois.

Les odeurs de cuisine ne nous encouragent pas à nous dépêcher d'avancer. Au bout d'un moment, on arrive au self. Mélodie fait des blagues sur l'aspect des plats, malgré les regards assassins des cuisinières.

— Au menu aujourd'hui, Fred, spaghettis sauce dégueulis : miam, miam !

Cette fille se moque de ce qu'on peut penser d'elle.

Ça doit être cool d'être juste soi-même.

Elle finit par prendre mon chapeau pour se cacher. Elle rit trop. En fait, elle rit tellement qu'elle en a les larmes aux yeux. Elle m'amuse vraiment.

Mélodie m'emmène à une table où nous attendent une fille aux cheveux courts en salopette et deux gars avec des tee-shirts de metalleux. Quand on s'assoit, on rit encore de la tête des cuisinières. Mélodie fait les présentations, mais ses potes, Loïc et Jimmy, se barrent sans lui adresser la parole. *Ambiance.* Sa copine Faustine, elle, a l'air vraiment contrariée. Je me demande si ça se passe toujours comme ça ou si c'est ma présence qui la gêne. Dans le doute, je garde le silence. La conversation entre les deux amies est assez tendue.

— Tu leur as dit pour la soirée, je parie.

Faustine ne desserre pas les dents. Mélodie renchérit :

— Je peux pas compter sur toi, t'es chiante.

Faustine la foudroie aussitôt du regard.

— Tu te fous de moi ? Et moi, je peux te faire confiance ? T'as pas quelque chose à m'avouer ?

— Pardon ?

Faustine n'y va pas par quatre chemins. Elle répète en articulant :

— T'as pas quel-que cho-se à m'a-vouer ?

Faustine a soudain les yeux braqués sur un garçon qui entre dans le réfectoire. Un grand type, qui attire beaucoup l'attention des filles sur son passage. Il rejoint une table où sont assis Malik et trois autres gars.

Mélodie ne répond pas. Faustine insiste :

— T'es sérieuse, meuf ? Tu vas vraiment me la jouer comme ça après ce que t'as fait ?

Mélodie ne comprend manifestement pas de quoi lui parle son amie. Faustine montre alors le garçon à Mélodie, qui lève les yeux au plafond.

— J'ai rien fait du tout avec ton Timothée chéri.

— T'es descendue au sous-sol avec lui. Tout le monde sait ce que ça veut dire.

Je suis au milieu des deux. Elles se fusillent du regard et la tension monte de seconde en seconde. Finalement, la seule chose qui attire vraiment mon attention, ce sont les yeux verts de Faustine. Plus elle s'énerve et plus la couleur est intense.

À un moment, je remarque un sourire qui commence à se dessiner sur le visage de Mélodie.

— Allez, arrête de faire la gueule, Faustine, t'es pas un monstre...

Mélodie veut détendre l'atmosphère, mais Faustine pique un fard.

Je pouffe de rire et Faustine braque son regard vers moi. Si elle avait des fusils à la place des yeux à cet instant précis, je serais déjà mort. Mélodie continue :

— … T'es pas jolie jolie, mais t'es pas un monstre !

Faustine est au bord de l'explosion.

— Ça va, je rigole. Détends-toi…

Mais Mélodie ne parvient pas à la dérider. Elle fait grincer sa chaise en se levant et part furieuse avec son plateau.

Mélodie reste à sa place et lève les yeux au plafond.

— Elle me saoule quand elle fait sa *drama queen.*

Je n'écoute plus vraiment ce que dit Mélodie.

Je regarde Faustine s'éloigner de dos, en espérant juste une chose : qu'elle se retourne pour que je voie encore une fois ses jolis yeux verts. Mais elle ne le fait pas. Je suis un peu déçu.

Là, je réalise. Elle me plaît, malgré sa crise et sa mauvaise humeur. C'est peut-être même ça qui me plaît le plus. Ça me fait sourire tout seul. Je me sens léger aujourd'hui, et ça fait du bien. Mais je me rappelle rapidement que je ne peux pas m'intéresser à elle.

Pas avec ma *condition,* comme dirait mon prof principal.

Mélodie – Autant en emporte le vent

Ça y est, mamie Odette a pris ses nouveaux quartiers à la maison, depuis six longues semaines !

Terminé pour moi l'intimité, fini les nuits en étoile de mer dans mon grand lit et les vidéos avec le volume à fond de ma youtubeuse préférée.

Mamie Odette vit la belle vie dans ma chambre, pendant que je me tape les lits superposés avec Lucien, dans son antre de geek qui sent les vieilles chaussettes sales.

Papa a aussi ordonné à toute la famille de laisser la priorité à sa mère pour la télévision. Il sait très bien que c'est la seule façon pour lui d'avoir la paix. Sinon, mamie Odette raconte toujours la même chose : comme elle est triste depuis la mort de papy et comme papa était mignon lorsqu'il était petit et qu'il se déguisait avec ses robes. Chaque fois sa virilité en prend un coup.

Alors il préfère interdire les films et les séries en VOD au profit du programme télévisé « maison de retraite » :

• 13 h 50, trois épisodes d'une vieille série allemande complètement nulle…

• 16 h 10, *Des Chiffres et des Lettres*, l'émission qui dure depuis mille ans, présentée par une momie…

• 17 h 20, *Slam*, un jeu genre mots croisés, présenté par un mec qui ressemble à Tintin…

• 18 heures, *Questions pour un Champion*, sérieux, ça existe encore ?

• 20 h 20, *Plus belle la vie*, là, je me dis qu'on touche vraiment le fond…

Mais c'est sans compter sur son béguin pour Stéphane Plaza et toutes ses émissions à la noix pour trouver un appartement, une maison, une cabane au fin fond du Larzac…

Oh, Joie ! Oh, Bonheur ! C'est comme ça tous les jours. Et pour finir dans le kitsch complet, elle fait des affreux cache-pots au crochet depuis une semaine. Il y en a partout dans le salon. Personne ne peut plus poser ses fesses sur le canapé. C'est pour habiller les rosiers sur la pierre tombale de papy dans deux semaines, pour la Toussaint, *dixit* Mamie Craignos.

Vivement les vacances !

J'en ai vraiment marre de cette baraque !

*

Ce soir, mon grand frère préféré a décidé de jouer en ligne avec une bande de dégénérés. Dans la chambre, c'est la Troisième Guerre mondiale ! Lucien se prend tellement pour un général que ça en devient très flippant. Il est comme possédé par l'esprit d'une caricature de militaire. Au pays des bidasses, il crie à tue-tête pour motiver ses troupes.

Même avec un oreiller plaqué sur les oreilles, j'entends ses ordres qui n'ont aucun sens, à part peut-être pour un enfant de trois ans.

Il croit vraiment pouvoir gagner avec une stratégie de bac à sable ?

Quand Lucien décide de faire une cinquième partie, je n'y tiens plus. Je sors de sous la couette et je descends de mon perchoir en ronchonnant.

Merci, Lucien, de participer activement à mon calvaire quotidien !

En sortant de la chambre, je pouffe quand même de rire en le voyant avec une passoire sur la tête en guise de képi. Son visage est cramoisi à force de vociférer dans son micro, on dirait que sa tête va exploser.

En arrivant dans la salle de bains, je ne lui en veux déjà plus. C'est sa manière à lui de s'évader de cette taule pourrie. Alors si je veux aussi me changer les idées, c'est à moi de jouer. J'entre en action : je me maquille pendant que j'organise ma soirée avec Faustine.

SOS !!!

Qué pasa ?

Ta mère bosse cette nuit ?

Yep

J'arrive !

Genre maintenant
maintenant ?

Dans vingt minutes maxi…
Je deviens dingue ici ☹☹☹

OK, à tout de suite, meuf

☺☺☺

En ce moment, j'abuse un peu avec Faustine. Je débarque quasiment un jour sur deux pour dormir chez elle. Mais c'est donnant-donnant : elle me laisse squatter son fauteuil et je lui apprends à avoir plus de style.

Avant, elle se fichait pas mal de son look. Mais bizarrement, depuis qu'on fréquente la bande des frères Fish and Chips, elle cherche à plaire aux garçons. C'est mignon comme démarche, même si je n'ose pas lui dire qu'elle ne s'y prend pas très bien.

Ce n'est pas en peignant ses ongles en rose et en mettant un peu de mascara sur les cils qu'elle va plaire davantage aux garçons. Pour ça, il faudrait aussi qu'elle arrive à aligner plusieurs phrases d'affilée lorsqu'elle est face à Timothée par exemple.

Mais ça, c'est perdu d'avance.

Elle est hyper jalouse aussi. Depuis cette soirée avant la rentrée, quand elle a cru qu'il s'était passé quelque chose entre Tim et moi. J'ai mis des jours à la convaincre qu'on n'avait rien fait. Qu'il m'avait juste montré ses photos de Londres. Maintenant, quand on voit la bande des frères Fish and Chips, elle surveille toujours un peu du coin de l'œil si je ne m'approche pas trop de Tim. Comment lui dire que ce mec ne la voit même pas ?

Je suis prête : maquillée, jean slim et petites boots à talon. Pas mal ! Si je n'étais pas moi, je pense que je me plairais. Haha… sérieusement, je me trouve plutôt canon.

Par contre, les talons pour être discrète en faisant le mur, ce n'est pas franchement une réussite. Je fais un barouf du tonnerre en atterrissant sur la poubelle. Bizarrement, personne ne se manifeste chez moi. Je pense que mes parents ferment les yeux sur le fait que je découche souvent en ce moment. C'est leur façon d'avoir la paix. Dans la série « ils n'en ont rien à faire de leur progéniture », c'est assez effrayant d'ailleurs. Il pourrait m'arriver n'importe quoi, avec n'importe qui et ils n'en sauraient rien… Bon d'accord, on vit dans une petite ville où il ne se passe jamais rien. Mais quand même ! Un peu d'inquiétude de leur part, même si ça m'agacerait vite, ça me rassurerait un minimum.

J'aurais l'impression de compter un peu pour eux et pas de faire partie des meubles.

En passant devant chez Malik, j'aperçois le scooter rouge des frères Colin. Je traîne les pieds pour faire les derniers mètres avant de tourner au coin de la rue. On ne sait jamais, peut-être que Louis pourrait sortir et venir me parler.

Mais non. Personne à l'horizon.

Alors je double la cadence pour arriver le plus vite possible chez Faustine. Ce soir, c'est marathon séries d'horreur américaines. Alors que je ne pense plus qu'au pop-corn dégoulinant de caramel que Faustine réussit à tous les coups, j'entends un bruit de moteur dans le lointain. À cette heure tardive, il n'y a plus personne dans les rues. Le pot d'échappement trafiqué résonne alors que je ne suis plus qu'à une centaine de mètres de chez Faustine. Et si…

Non, je me fais des films.

Ce n'est pas le chemin que Louis emprunterait pour rentrer chez lui. On est loin du quartier chic et résidentiel dans lequel il vit. Loin des grosses baraques, avec double garage et parc à la place du jardin. Loin du voisinage plein de thunes. Ici, c'est le centre. Les maisons sont toutes les mêmes : collées les unes aux autres, flanquées d'un carré de pelouse de quatre mètres sur quatre, quand on a de la chance. Des briques rouges alignées à perte de vue.

Pourtant, quelques secondes plus tard, le pot d'échappement pétarade à quelques mètres derrière moi. J'ai le cœur qui bat vite. Je sens l'excitation monter. L'adrénaline afflue dans mes veines. Je suis certaine qu'il s'agit du scooter des frères Fish and Chips.

À ce moment-là, je lutte pour ne pas me retourner et vérifier ma théorie.

J'avance doucement. Si je ralentissais encore, on me prendrait pour une tortue.

Là, je vois le scooter rouge me dépasser, sans un regard en arrière du conducteur pour moi. Je suis déçue. Je ne sais même pas s'il s'agit de Timothée ou de Louis.

Tout ce que je sais à ce moment-là, c'est que ce sera pop-corn et horreur ce soir.

Quand je passe devant l'arrêt de bus en face de chez Faustine, je vois le scooter stationné juste à côté. Le casque est posé sur le siège. Je balaie rapidement les environs et je finis par le trouver.

Timothée revient du cimetière en courant, son appareil photo argentique à la main. Il vérifie avec précaution que personne ne l'a vu s'y introduire alors que c'est interdit la nuit. C'est à ce moment-là qu'il m'aperçoit.

Il s'arrête net : pris la main dans le sac ! Évidemment, je me marre. C'est communicatif et il rigole aussi.

— Qu'est-ce que tu fais là ? Tu me suis ?

Dans tes rêves.

— Je vais chez Faustine.

Je pointe sa maison du bras, mais l'information n'a pas l'air de beaucoup l'intéresser. Il ne me lâche pas des yeux et prend un chewing-gum dans sa poche.

Est-ce qu'il essaie de me faire comprendre quelque chose ?

Son petit sourire en coin a l'air d'être une invitation. Je suis un peu mal à l'aise au début. Faustine est en boucle sur Timothée depuis des semaines.

Est-ce qu'il ne serait pas en train de me draguer, là ?

Après tout, ce ne serait pas la première fois. Déjà à la première soirée, quand il m'a fait visiter son laboratoire photo au sous-sol, il avait essayé de m'embrasser. Je n'ai rien dit à Faustine. Ça l'aurait énervée pour rien.

Timothée se pose sur son scooter et me tend son appareil photo.

— Tu t'y connais ?

Quand je saisis l'appareil, sa main chaude s'attarde sur la mienne. C'est très agréable.

— Non, mais j'aimerais beaucoup.

— Je suis responsable du club photo au lycée. Tu devrais venir. On monte une expo pour Halloween.

Nos regards se croisent et on rit. Tout s'explique.

— C'est quoi l'idée de l'expo : zombies et cimetière en folie ?

— Non, ce serait plutôt créatures de la nuit. J'ai pisté un gros hibou dans le cimetière mais il m'a semé…

Et puis on entend un hululement.

Timothée court dans sa direction. Le vieux hibou est niché dans le grand chêne de l'autre côté de la place. Tim me fait signe de vite lui apporter son appareil, le plus silencieusement possible. Je m'exécute : je trottine en essayant de ne pas faire claquer mes talons sur l'asphalte.

C'est drôle comme sensation. C'est comme une aventure nocturne improvisée. Mon cœur cogne un peu dans ma poitrine.

Timothée se cache derrière un banc. Je le rejoins et il saisit l'appareil. On attend planqués quelques minutes : le hibou finit par sortir de sa cachette dans les arbres. Tim le mitraille avec son appareil. Il bouge un peu et se rapproche doucement de moi, tout en prenant des photos. Sa cuisse se colle à la mienne.

Mon rythme cardiaque accélère. Ce contact me réchauffe tellement que j'en voudrais plus. Mon téléphone portable vibre. Je ne décroche pas.

Quand Tim a terminé ses clichés, il pose sa main sur ma cuisse. Je ne le repousse pas. On fixe tous les deux l'arbre du gros hibou. Je lâche innocemment :

— Je vais m'inscrire au club photo.

Timothée m'enlace la taille. Je peux sentir un sourire se dessiner sur son visage. Je glousse le plus silencieusement possible, quand il me répond :

— Très bonne idée…

Je sens comme une vague enfler dans mon ventre. J'ai un peu le vertige et en même temps, j'ai hâte.

J'ai des fourmis dans les pieds à force d'être accroupie derrière le banc. Je perds un peu l'équilibre et Timothée en profite pour me serrer un peu plus et m'embrasser. J'en ai envie autant que lui. Il a un délicieux goût de fraise.

Son baiser m'empêche de réfléchir. C'est la page blanche dans ma tête. Il n'y a plus que lui et moi, enlacés derrière ce banc, avec le vieux hibou pour seul fond musical.

Mon téléphone vibre à nouveau, mais je ne le regarde pas.

*

Quelques minutes plus tard, je suis à l'arrière du scooter de Tim, direction son labo photo, au sous-sol chez lui. Mes longs cheveux virevoltent autour de mon visage. J'ai le tournis, le scooter file un peu trop vite. Tim veut me montrer comment développer des négatifs, histoire que je prenne un peu d'avance pour le club photo.

Sérieusement, il pense vraiment que je ne vois pas clair dans son jeu ?

Lorsqu'on arrive devant chez lui, mon téléphone vibre à nouveau. Je le mets sur silencieux et je le range aussitôt. Tim m'entraîne dans le jardin puis me fait descendre au sous-sol en m'embrassant dans le cou.

Je suis prête.

*

Quand je sors de chez les frères Fish and Chips, deux heures plus tard, j'ai encore la tête qui tourne. Je n'en reviens pas.

Ça y est ! Je l'ai fait !

Je saute toute seule dans la rue et j'ai un sourire jusqu'en haut des oreilles.

Et en même temps, tout s'est passé si vite. Je sens encore la bouche de Tim sur moi, ses mains, son odeur.

Ça y est, je l'ai fait.

Je me sens différente mais je suis toujours la même. Est-ce que les autres vont s'en apercevoir ?

Ça y est, je l'ai fait…

J'ai du mal à réaliser.

Je sors machinalement le portable de ma poche et je vois dix appels en absence et cinq SMS de Faustine.

Mince…

T'arrives à quelle heure ?

Ého ! Y'a quelqu'un ?

Pourquoi tu réponds pas ?

Meuf, qu'est-ce qui se passe ??? Ça va ???

Rappelle-moi !!!
Je flippe à mort !!!

Je redescends instantanément de mon petit nuage.

Ce soir, j'ai rempli ma part du pacte mais avec la mauvaise personne.

Je sais pourtant à quel point Faustine craque pour Tim.

Mais ce n'est qu'une attirance physique, non ?

Après tout, ils ne se connaissent pas.

Faustine n'est pas vraiment amoureuse de Tim. Ce n'est qu'une illusion. Ce qu'elle aime, c'est ce qu'elle imagine qu'il est.

Je n'ai aucune raison de culpabiliser.

Mais je n'ai pas l'intention de lui parler de ce qui s'est passé ce soir non plus.

Pas tout de suite en tout cas.

Ma première fois m'appartient.

Fred – De l'orage dans l'air

ZOMBIE ISLAND

SCOREBOARD

Winner : FredTheFred !

```
FredTheFred : 386
M.Like : 252
```

Vacances de la Toussaint obligent, on a joué une partie de la nuit à *Zombie Island* avec Malik. On a voulu rester dans le thème du moment. Assia, sa petite sœur de douze ans, a trouvé ça de mauvais goût. Ça m'a fait rire. Elle n'a pas froid aux yeux et dit ce qu'elle pense, même quand on ne lui a rien demandé. Malik la surnomme « Miss je-sais-tout ». Perso, je la trouve plutôt cool.

Sacha, mon frère, travaille de nuit en ce moment. Alors la mère de Malik m'a proposé de dormir chez eux toute la semaine.

On est vraiment devenus potes avec Malik depuis la rentrée. En peu de temps, on a fini par traîner ensemble tous les mercredis au skatepark. On a plein de points communs. Il adore les jeux vidéo et écoute la même musique que moi. C'est un gars super cool, qui ne se prend pas la tête. Il ne pose pas de questions indiscrètes. On passe juste de bons moments. Il me redonne foi en l'amitié et ça me fait beaucoup de bien.

Il habite juste à côté de chez Mélodie. Elle n'est pas dans le même délire que nous. La glisse, elle n'y comprend pas grand-chose. Mais c'est une meuf vraiment marrante. Son humour grinçant ne plaît pas à tout le monde. Moi, ça me fait rire la plupart du temps. Un peu moins quand elle se moque de Faustine pour s'amuser.

On se retrouve souvent avec Mélodie après les cours, pour bosser chez Malik. Sa mère prépare toujours des gâteaux de folie, le soir en rentrant du boulot. On ne se fait pas prier pour taper dedans. Assia et Zéfira, la petite dernière, nous devancent la plupart du temps. Elles sont aussi souvent dans nos pattes.

Ça se chamaille tout le temps avec Malik. Il râle et les trouve chiantes. Moi, j'adore l'ambiance vivante et chaleureuse de leur foyer. J'ai souvent un pincement au cœur quand je vois à quel point Malik est proche de sa famille. C'est le jour et la nuit avec ma famille éclatée.

Sa mère bosse comme secrétaire au cabinet du dentiste. Le père de Malik, lui, est jardinier paysagiste. Il travaille pour la mairie. C'est le père des frères Fish and Chips qui lui a dégoté cette place, quand il s'est retrouvé au chômage l'année dernière. Ça aide d'être une figure connue de la ville. D'avoir ses entrées à la mairie.

Les parents de Malik parlent du père Colin comme de leur sauveur. Il a permis à leur famille de rester à flot. Ça compte, c'est sûr. Parfois, je me demande si Malik ne se sent pas redevable de ce geste. S'il ne passe pas tout à ses potes parce que leur père a aidé le sien.

C'est difficile de s'intégrer à leur petite bande. Ils se connaissent depuis l'enfance. Ils ont grandi ensemble. Ils sont presque frangins et n'ont pas besoin de parler pour se comprendre.

Je les envie un peu. Même si je sens une certaine réticence de la part de Tim à mon égard. Au début, il était plutôt cool. Mais plus je me rapproche de Malik et plus il est tendu.

Qu'est-ce qu'il croit ? Que je vais lui piquer son meilleur pote ?

C'est grotesque ! Ils sont amis depuis tellement longtemps. Je ne pourrai jamais prendre sa place. Mais Timothée n'aime pas partager apparemment.

Comme on est en plein marathon jeux vidéo aujourd'hui, tout le monde se retrouve chez Malik. Je ne suis pas certain que ça plaise à Tim. Il préfère qu'on squatte leur sous-sol. Qu'on soit sur son territoire pour dicter un peu sa loi.

Après avoir dévoré le délicieux repas de la mère de Malik, la bande nous a rejoints. Le premier à être arrivé, c'est Timothée.

Quand il me voit dans le salon, en train de jouer avec Zéfira, il me lance un regard noir. D'après ce que j'ai compris, Zéfira a toujours adoré Tim. Elle lui sautait toujours au cou. Du haut de ses huit ans, elle avait sans doute un petit crush pour le beau gosse de service et meilleur ami de son grand frère. Malheureusement pour Tim, depuis que je traîne chez les Sidi, Zéfira est toujours collée à mes baskets. Malik m'a dit de l'envoyer promener, mais c'est une gamine attachante. Alors je joue le jeu pour lui faire plaisir. Je prends le temps d'admirer ses jouets, de la féliciter pour ses bonnes notes, et j'accepte qu'elle me pique un peu de gâteau après les cours.

En voyant la réaction de Tim, on dirait presque qu'il est jaloux. C'est absurde. Timothée Colin est l'un des mecs les plus populaires du lycée. Toutes les filles craquent pour sa gueule d'ange et son allure sportive. Elles veulent toutes faire partie de sa bande et être invitées à ses soirées. Et les mecs se marrent à ses blagues. Parce qu'en plus, il est drôle !

Il est très agaçant pour quelqu'un comme moi : je ne suis rien ni personne, perdu dans la masse du bahut. Le bon pote à la limite, à qui les filles se confient.

Je suis surtout une crevette à côté de lui. Pas très grand. Pas de muscles à l'horizon. Pas de blague à la minute. Pas de confiance en moi. Définitivement pas le tombeur dont rêvent les filles.

Qu'est-ce que ça peut lui faire qu'une gamine de huit ans me suive partout ?

À peine arrivé, Tim ne me lâche pas d'une semelle. Il scrute le moindre de mes faits et gestes et ne rate aucune occasion de me vanner. Chaque fois, il le fait en rigolant. Pourtant, je trouve ça un peu malsain. Mais comme les autres n'ont pas l'air de relever, c'est peut-être normal.

Ce Timothée a quand même des allures de grosse brute. Comme les harceleurs de mon ancien collège.

Je ne suis pas à l'aise à côté de ce type.

Mon portable vibre. C'est mon frère.

> Tu passes à l'appart cet aprèm ? Il faut qu'on parle du nouveau protocole…

Je sais qu'il a raison.

Le rendez-vous avec mon médecin – et l'intégralité de son service – a eu lieu il y a des semaines. Ils m'ont donné du temps pour réfléchir à ce que je voulais faire. À ce que je pouvais supporter. À la suite du programme.

Je dois trancher. Mais là, tout de suite, je ne suis pas prêt. Je dois gagner du temps.

Sacha part travailler à 19 heures. Alors je lui réponds direct.

> Avec des potes pour la journée. On en parle plus tard ?

> Arrête d'esquiver… On fera seulement ce que tu veux. Pas de pression !

Je dois faire un choix. Mais ce traitement rend les choses compliquées. Même si papa et maman ont donné leur accord, je ne suis pas convaincu de leur soutien indéfectible. Ils ont accepté par dépit.

Mais je ne crois pas que papa soit d'accord. Il a perdu le contrôle sur le protocole et ma décision quand je suis parti vivre avec Sacha. Depuis, avec maman, ils n'osent plus me donner leur avis franchement.

Ils ont peur que je ne revienne jamais à la maison.

Ils n'ont pas tort. Même si je crois avoir besoin d'eux et de leur fichue approbation pour trancher, je refuse de revenir et d'être encore la raison de leurs disputes incessantes.

Julien nous rejoint juste après Tim. On décide tous de s'enfermer dans la chambre de Malik pour essayer *The Battle of Atlantis*, un nouveau jeu de rôle en ligne. Il refuse que ses frangines viennent nous déranger. Assia tambourine un moment à la porte et finit par s'en aller. Timothée est survolté. Il adore les jeux vidéo.

— Je vais vous mettre une tôle, les mecs !

— On joue en équipe ? propose Malik.

On est tous d'accord, c'est beaucoup plus fun comme ça.

— OK, mais les gagnants donnent un gage aux autres.

Tim choisit les binômes sans rien demander aux autres.

Je joue avec Malik. Lui fait équipe avec Julien. Il cherche à prouver quelque chose. Il veut se mesurer à moi et montrer qui est le meilleur. Je ne peux pas me défiler. Alors j'accepte l'enjeu comme les autres, sans rien dire.

J'espère que Tim ne sent pas la trouille qui commence doucement à monter en moi. Les vieux souvenirs de harcèlement remontent et une sueur froide me coule dans le dos.

Je suis obligé de me répéter que je ne suis plus le même, que les choses ont changé dans ce nouveau bahut et que Tim n'est pas la petite frappe qui a fait de ma vie un enfer l'année dernière.

Tim et Julien commencent le jeu. C'est plus fort que moi, je me mets à calculer mentalement pour me calmer…

42 x 9 = 378

11 au carré = 121

Tim et Julien cartonnent assez vite. On sent les *gamers* bien rodés. Je commence à avoir des bouffées de chaleur.

391 664 : 1 456 = 269

(255 x 3899) + 1267 = 995 512 …

*

Trois heures plus tard, les résultats sont sans appel : on les a explosés !

Je suis soulagé et plutôt fier aussi d'avoir battu le caïd de la bande. Julien est bon joueur et accepte la défaite. Il a été battu par plus fort que lui, c'est tout. Tim, lui, le prend mal.

Comme c'est étonnant…

— Y a de la triche, les mecs !

Il se la joue mauvaise foi. Classique.

— Je perds jamais, c'est pas possible autrement.

Monsieur Colin se croit invincible, c'est assez comique.

J'aurais peut-être dû lui dire que pendant six mois l'année dernière, j'ai passé le plus clair de mon temps sur ma console de jeux vidéo.

Je préfère me taire. Sinon, il faudrait leur expliquer pourquoi mes parents m'avaient retiré du collège.

J'ai envie de crier à tue-tête « Timothée Colin a trouvé son maître ! », mais je n'ai pas assez de cran pour le provoquer frontalement. Malik n'hésite pas. Il exulte de joie et remet vite son pote à sa place.

— C'est ça la classe, mec : être plus fort que toi et pas la ramener !

Malik me fait un *high five* et je me marre avec lui. Tim sourit pour garder la face, mais il est crispé.

Je sens la colère monter en lui.

Avant qu'on n'ait pu se concerter, Malik balance un gage.

— Vous allez vous balader dans toute la ville avec les fringues de ma mère !

Julien éclate de rire. Mais Tim n'apprécie pas de devoir se taper la honte cette après-midi.

— Même pas en rêve ! On doit rejoindre Louis au terrain de foot !

Le petit frère Fish and Chips ne veut pas perdre la face devant le *big brother.* Ce serait presque touchant si ce n'était pas juste un prétexte.

Malik lui rappelle qu'un gage ne se refuse pas, s'il ne veut pas avoir à faire quelque chose de bien pire. Au bout d'un moment, Tim rend les armes. Mais on sent bien qu'il ronge son frein.

D'un autre côté, j'ai un sourire de façade mais je n'apprécie pas ce gage non plus. Je trouve ça de mauvais goût.

Mais je me tais.

*

Une demi-heure plus tard, on retrouve Louis et Pavel au vieux stade de foot. L'endroit est désert. La bande vient souvent là pour taper la balle. De loin, je vois les gars s'envoyer le ballon de foot et chahuter. Ils se battent gentiment pour rigoler, mais quand même. Ça me fiche un peu la trouille.

Les médecins me l'ont bien répété : je dois éviter les sports de contact. D'où ma dispense de sport au lycée. Il est impératif de faire très attention à moi. En théorie, le skate m'est interdit aussi. Mais Sacha a accepté de ne pas me priver de glisse. C'était trop dur sinon. En échange, j'ai promis d'être très prudent.

J'essaie de réfléchir vite pour esquiver sans que les autres ne me posent de questions. Ce n'est vraiment pas le moment de balancer une info sur moi de cette importance. Pas comme ça. Je ne suis pas prêt.

En voyant son frère dans la robe à fleurs de Mme Sidi, Louis se tape une barre de rire. En plus, Malik a voulu maquiller Tim et Julien. Il n'est pas doué pour ça. J'aurais fait mieux. Mais je n'ai pas voulu prendre part à ça.

Des filles du lycée passent près de nous et gloussent en voyant Tim. Il enrage d'autant plus. La réputation du tombeur de ces demoiselles est égratignée. C'est assez jouissif pour moi malgré tout.

— La revanche au foot ?

Tim a l'air de vouloir en découdre avec moi. Il n'a pas digéré sa défaite cuisante. Il faut que je me défile vite.

Allez, Fred, réfléchis, magne-toi ! Trouve une idée !

Louis reprend rapidement la main.

— Pavel et Fred avec moi.

Je suis étonné d'avoir été choisi. Tim se frotte les mains. Il y a de la collision dans l'air. Je m'apprête à sortir mon téléphone portable pour simuler un texto urgent de mon frère quand Louis ajoute :

— Fred dans les buts. Pavel avec moi à l'attaque de ces rigolos.

Malik et Julien se marrent. Ils ont l'air d'avoir l'habitude et prennent ça simplement comme un jeu anodin.

Timothée, lui, ressort sa mine renfrognée. Il fixe son frère d'un air de défi mais s'écrase quand même. Je comprends que Louis ne m'a pas choisi pour mon jeu. Et pour cause : il ne m'a jamais vu avec un ballon de foot. Mais il aime montrer à son frère que tout dépend de son bon vouloir.

Louis a dû sentir que Tim était sur ma piste et il cherche à frustrer un peu plus son frère. Ça m'arrange. Mais je ne veux pas jouer pour autant.

Pourtant, quand Louis se tourne vers moi et me lance le ballon, je me sens coincé. D'un air déterminé, il me montre les buts de la tête. Je comprends que je n'ai pas le choix. Le *big boss* a décidé que j'allais jouer dans son équipe. Fin de la discussion.

Peut-être que je ne crains rien dans les buts. Peut-être que c'est la place du planqué en réalité… Peut-être que je me fais des films aussi.

Je pars rapidement dans la cage de gauche : on dirait presque une prison. Je suis pris au piège. Je suis dans une galère internationale.

Pourvu que tout se passe bien et qu'il ne m'arrive rien.

Je visse le borsalino sur ma tête. Je grimace en sentant mon cœur battre fort à l'endroit de ma cicatrice. Même si mes cheveux ont repoussé, je sais qu'elle est toujours là.

Je me prépare comme je peux à esquiver les boulets de canon envoyés par Tim.

Ce qui devait être un simple jeu devient rapidement un affrontement entre les frères Fish and Chips. Je les vois se rentrer dedans sur le terrain en se fichant pas mal des règles.

Malik lance des blagues depuis la cage de buts en face et je rigole pour avoir l'air détendu. Mais en réalité, je tremble.

Pourtant, Louis et Pavel assurent vraiment. Ils empêchent régulièrement les autres d'approcher des buts. Je sens la frustration monter chez Timothée. Il enrage et tape du pied. Il fait sauter les mottes de terre à la place de m'envoyer le ballon en pleine figure. Louis se moque de lui et ça l'énerve encore plus.

Alors à un moment, Timothée change de technique.

— T'es pote avec Mélodie, non ?

Pourquoi ce type me parle de Mel ? Il sait très bien qu'on est dans la même classe.

La parlotte en plein milieu du match ne plaît pas à Louis non plus.

— Laisse tes plans drague à deux balles au vestiaire, mec : on joue !

Timothée rigole. Il réussit aussi très bien à agacer son frère. Et il n'a pas l'intention d'en rester là.

— On peut plus parler nanas ? D'ailleurs j'ai oublié de te dire, Louis : tu peux ajouter un dépucelage à ma liste.

Louis regarde son frère : il a réussi à retenir son attention. Il est très fier de son petit effet.

Mais une liste ?

Quel genre de liste ?

L'aîné sort son téléphone portable.

— Prénom, date, lieu, nombre de fois…

— Mélodie, la semaine dernière, au sous-sol…

Timothée me regarde avec un grand sourire. Je suis un peu surpris, c'est vrai. Mais ce ne sont pas mes affaires.

Qu'est-ce qu'il croit ? Que je m'intéresse à Mélodie ?

Elle est juste mon amie. Est-ce que ce mec connaît l'amitié fille/garçon ?

Comme je ne réagis pas, Timothée en rajoute une couche pour m'énerver.

— … cinq fois. Je l'ai épuisée la petite seconde.

Tim éclate de rire. Malik arrive à ce moment-là.

— Arrête tes conneries.

Tim se reprend un peu. Par respect pour Malik j'imagine.

— OK, deux fois. Mais tout le reste est vrai.

Je vois une lueur dans l'œil de Louis. C'est comme un défi lancé par son frère. Comme une compétition entre eux.

J'ai peur que Mélodie en fasse les frais. Ces frangins ont vraiment l'air d'être sans foi ni loi avec les filles. Je dois la mettre en garde, même s'il est un peu tard.

Timothée revient à la charge avec moi.

— Mélodie aime vraiment ça. Tu devrais te la faire, Fred. À moins que… non, me dis pas que t'es encore puceau, mec ?

Ce type me tue.

Qu'est-ce que ça peut te foutre, connard ?

— Bon, on joue ?

Louis met officiellement fin à la conversation. Personne n'ajoute un mot après ça.

La partie reprend. Mais Timothée ne peut pas s'empêcher de me défier du regard avec son petit sourire satisfait. On sait tous les deux que ça ne fait que commencer.

Et même si j'ai la trouille, je m'accroche à ma décision de la rentrée : je ne me laisserai pas intimider cette année.

Un peu plus tard, en glissant sur ma planche à côté de Malik, je sais ce qu'il me reste à faire. Je m'arrête et j'envoie un message à Sacha.

Je suis OK pour le traitement.

Je me sens prêt.

Faustine – À contre-jour

Au fil des années, j'ai appris quelques règles concernant Mélodie.

1 – Quand elle dit « j'arrive tout de suite », il faut prévoir au minimum trente, voire quarante-cinq minutes de retard.

Et ça, c'est dans ses bons jours.

Parce qu'en cas de crise ou de mauvaise humeur – comme en ce moment avec son exil dans la chambre de Lucien –, ça peut aller chercher dans les une, voire deux heures de retard.

On se connaît depuis le cours préparatoire, j'ai l'habitude de ses coquetteries et de ses détours. Quand elle m'a posé un lapin il y a quinze jours – alors qu'elle s'était invitée à la dernière minute –, je ne me suis pas énervée. Je me suis surtout beaucoup inquiétée qu'elle ne réponde pas à mes messages. Mais j'ai compris quand elle m'a dit que sa grand-mère avait fait un malaise et que ses parents avaient dû appeler les pompiers.

La pauvre ! Elle a dû trop flipper.

2 – Quand tu penses savoir ce qui se passe dans sa tête, tu te plantes systématiquement.

Il y a encore quelque temps, j'aurais juré que tout allait bien entre nous.

Même si c'est compliqué en ce moment chez elle, Mélodie était gaie et sortait des blagues toutes les deux minutes. Elle me cherchait tout le temps. Mais comme c'est notre normalité depuis dix ans, tout se passait comme d'habitude.

Et du jour au lendemain, Mélodie n'a plus été disponible pour faire quoi que ce soit. Je ne l'ai quasiment pas vue des vacances de la Toussaint. Et, hier, coup de théâtre : elle m'envoie un message pour me dire de ne pas l'attendre pour aller en cours. C'est son père qui va la conduire au bahut maintenant.

Son père ? Sérieusement ?

Elle ne s'entend pas avec lui, trouve que c'est un vieux con et préfère marcher sous la pluie un jour de tempête plutôt que de lui demander de l'emmener quelque part dans sa poubelle ambulante.

C'est le monde à l'envers !

3 – Quand l'humeur change brusquement, attends-toi au pire !

Mélodie est toujours fourrée chez moi d'habitude, même quand je n'en ai pas envie. Maintenant, elle ne débarque plus à l'improviste. En fait, elle ne vient plus du tout. Comme dirait ma mère, ça sent le sapin. Autrement dit, il y a forcément une embrouille.

Je n'ai rien à me reprocher. J'en suis certaine.

Qu'est-ce qui s'est passé ?

En ce lundi 2 novembre, jour de la rentrée, je suis donc partie seule en cours.

À l'heure du déjeuner, je lui envoie des messages pour qu'on se retrouve et qu'elle m'explique ce qui se passe. Mais elle reste silencieuse.

Je rejoins Loïc et Jimmy à la cantine, de vrais potes sur qui je peux toujours compter. Ils parlent musique. Je ne connais aucun des groupes qui les intéressent. Ils vouent un étrange culte au metal. Pour moi, ces chanteurs crient la plupart du temps. C'est vraiment trop bruyant et violent, mais chacun ses goûts. Et puis une fille rit aux éclats dans le réfectoire. On n'entend qu'elle. Je la reconnais tout de suite.

De loin, je l'aperçois : Mélodie déjeune avec Amandine et Sofia, les glus du groupe des frères Fish and Chips. Les filles du club photo, que Mélodie a rejoint avant les vacances, comme par hasard. Elles sont toutes les trois en pleine conversation, comme si elles avaient toujours été copines. Je comprends mieux pourquoi elle n'avait pas le temps de me voir pendant les vacances.

C'est comme un coup de poignard en plein cœur.

Mélodie a trouvé de nouvelles amies.

— On n'a pas besoin d'elle.

Loïc est cash. C'est ce que j'apprécie le plus chez lui : il dit ce qu'il a dire. Si ça ne plaît pas, tant pis.

— Elle a renié ses vrais potes. Alors bon débarras !

Jimmy ne bronche pas en l'entendant. Il ne dit jamais grand-chose. Son silence en dit long pourtant : il est d'accord. Je sais qu'il est amoureux de Mélodie. Et ça ne date pas d'hier.

— Elle a pris la grosse tête depuis qu'elle fréquente Fish and Chips et compagnie. Quand ils vont la jeter, on sera pas là pour la récupérer…

Mélodie fait partie intégrante du groupe le plus populaire du lycée maintenant. Elle n'a plus besoin de nous. De moi.

Amies à la vie à la mort ?

Elle s'est bien foutue de moi. Ça fait mal. Je sens la colère qui monte doucement. Je ne vais pas pouvoir me retenir.

Est-ce que j'ose le scandale devant tout le monde ?

À la table juste à côté d'elles, j'aperçois Timothée. Il porte une chemise bleue qui fait ressortir ses jolis yeux. Si je m'énerve sur Mélodie et que je lui fais une crise de jalousie, Tim va définitivement me prendre pour une grosse gamine. Si j'ai une petite chance un jour de lui plaire, je ne vais pas la gâcher bêtement.

Et surtout pas pour Mélodie !

Du coin de l'œil, je surprends quelque chose qui ne me plaît pas du tout : Fred est installé avec la bande. Il est en pleine conversation avec Malik quand il me voit. Il sourit et me fait signe. Est-ce qu'il pense vraiment que je vais lui répondre ?

Il est sérieux ?

Il me nargue clairement en mode « t'es à la table des loosers ». Lui aussi s'est mis entre Mélodie et moi depuis la rentrée.

Je déteste ce type.

— Désolée, les mecs, elle m'a coupé l'appétit.

Je croise le regard des garçons. On échange tous les trois un signe de tête : on se comprend très bien.

Je me lève et sors de la cantine aussi vite que possible. Je n'ai plus rien à faire ici.

Je n'existe plus pour Mélodie. Elle vient de grimper en flèche dans l'échelle sociale du lycée.

Après tout ce que j'ai fait pour elle, je suis dégoûtée de la vie et de l'amitié.

Je n'ai plus envie de rien.

*

J'attends le cours suivant, seule, assise sur le pas de la porte. Évidemment, je ne peux pas rester tranquille sans que des gens bien intentionnés ne veuillent savoir ce que je fais là. En même temps, perdue dans mes pensées, je n'entends pas le début de la phrase.

— … traduction super dure.

Quand je relève la tête, j'aperçois ma voisine de table en cours d'allemand : Isaline, la meilleure élève de la classe. Elle est plutôt cool dans son genre. Elle adore la musique, aime rire et se moque souvent de notre petit prof qui ne sait pas à quoi sert une douche.

Mais je n'ai pas la tête à faire la discussion.

D'un coup, je comprends de quoi elle vient de me parler.

— La traduction, c'était pour aujourd'hui ?

Isaline confirme.

C'est une catastrophe. Je ne l'ai pas faite. Le cours commence dans deux minutes.

Je ne peux même pas recopier la sienne en si peu de temps.

Quand l'heure sonne, je me précipite vers la sortie du bahut.

À l'extérieur du bâtiment, je marche lentement. C'est la première fois que je fais l'école buissonnière comme ça.

Ça n'a rien d'amusant sans Mélodie. Je me sens complètement seule.

Comment j'ai pu en arriver là ?

Je n'en sais rien.

Qu'est-ce que je vais faire toute l'après-midi ?

Je ne vois qu'une option possible : m'échouer dans mon lit, tirer la couette sur ma tête et ne plus bouger jusqu'à la nuit tombée.

Je sais que je vais encore être seule ce soir à la maison. Maman fait un remplacement à l'hôpital.

J'aimerais que mon père soit là. J'aimerais qu'il puisse me consoler dans ce genre de cas. J'aimerais une famille normale.

Si j'en avais une, je me prendrais sûrement un savon pour avoir séché les cours de l'après-midi.

Contre toute attente, la voiture de maman est garée devant la maison. Je m'en réjouis. C'est la meilleure nouvelle de la journée.

Alors que je m'apprête à lui servir un bobard concernant ma présence aussi tôt dans l'après-midi, je ne la trouve pas dans la maison. Il n'y a personne au rez-de-chaussée. Je l'appelle mais personne ne répond. Elle est sans doute partie faire une course.

Je grimpe quatre à quatre les escaliers pour me réfugier sous ma couette.

En arrivant dans ma chambre, je vois le lit complètement défait. Les draps sales sont sur le parquet et une pile de linge propre est posée sur mon bureau.

J'ai accroché un sens interdit sur la porte d'entrée. Ma mère sait très bien qu'elle n'a pas le droit de venir quand je ne suis pas là.

Quelqu'un renifle assis derrière mon lit. La couette est en boule sur le matelas, je ne vois rien. J'avance doucement et j'attrape ma raquette de tennis, juste au cas où. Mais c'est ma mère que je trouve, assise contre le bois du lit, les genoux entre les bras. Elle pleure.

C'est la première fois que je la vois comme ça. Ça me chamboule. Mais en même temps, elle a osé entrer dans ma chambre alors qu'elle avait promis de ne pas le faire.

En me voyant, ma mère s'essuie les yeux et se lève, mon journal intime à la main.

Je suis en état de choc. Incapable de parler ou de bouger. Je me pince quand même pour être certaine de ne pas faire un cauchemar, mais non : tout est réel !

Il y a de la peur et de la pitié dans son regard. Je recule quand elle tend la main vers moi.

Qu'est-ce qui lui prend ?

— Pourquoi tu as écrit tous ces mensonges ?

Je tremble. Ça n'a aucun sens, mais je tremble de la tête aux pieds.

Je lui arrache mon journal des mains. Et puis je vois qu'elle a sorti le carton qui était sous mon lit. Tout ce qu'il contient est étalé sur le plancher de ma chambre. Tous les objets qui appartiennent à mon père et qu'il n'a jamais réclamés. Des bricoles que ma mère avait mises à la poubelle et que j'ai récupérées en douce. Un butin précieux pour moi et insupportable pour elle : un vieux peignoir usé, sa gourmette, des photos en vrac et quelques CD presque tous rayés.

— T'avais pas le droit de le lire et de fouiller !

J'entends une voix aiguë. On dirait celle d'une folle. Une hystérique. Et puis je réalise : c'est ma voix.

Mais qu'est-ce qui me prend ?

Je suis furieuse de cette intrusion. Et c'est légitime ! Mais ma réaction est complètement disproportionnée. Je voudrais m'arrêter de trembler, mais je n'y arrive pas. Je voudrais arrêter de la fusiller du regard, mais je n'y arrive pas. Je voudrais étouffer mon envie de hurler, mais je n'y arrive pas.

Alors je la pousse hors de ma chambre de toutes mes forces. Elle parle, mais je n'entends rien. Elle pleure, mais je ne veux pas la voir. De toute façon, il n'y a rien qui puisse la mettre dans un tel état dans mon journal intime. Si je suis folle et hystérique, ma mère ne tourne pas rond non plus.

De quels mensonges elle parle ?

J'arrive enfin à la mettre dehors. Je claque la porte de ma chambre et je ferme à clef. J'entends vaguement du bruit. C'est loin, très loin de moi…

Est-ce que ma mère tambourine à la porte ?

Je ne sais pas. Je ne sais plus. Je suis appuyée dos à la porte. J'ai le souffle court et mon cœur bat à une vitesse anormale. Doucement, je me laisse glisser le long de la porte. Lorsque je suis assise par terre, les larmes roulent malgré moi sur mes joues.

Je voudrais ne pas entendre, me perdre dans mes pensées comme d'habitude. Malheureusement, je discerne ses paroles à travers la porte. Ma mère murmure d'une voix chevrotante. Elle refuse de partir et répète la même chose pendant ce qui me semble des heures interminables.

— C'est ma faute. Je ne voulais plus qu'on parle de lui. J'aurais dû savoir que c'était trop difficile pour toi.

Je l'implore de se taire. Je la supplie de ne pas faire ça. De ne pas démolir toutes les histoires que je me suis racontées toutes ces années. De ne pas pulvériser ce rempart qui me fait tenir. Après tout, ça ne fait de mal à personne. On peut continuer comme avant. Sans parler de mon père ? Parce qu'une fois qu'elle l'aura dit à voix haute, rien ne sera plus comme avant.

Ma mère ne cède pas. Elle continue comme elle peut.

— … je te comprends, tu sais… À ta place j'aurais sans doute fait la même chose. Mais tu te fais du mal pour rien, chérie. Alors je t'en supplie : arrête de te mentir à toi-même…

Je lui promets que je ne lui en veux pas. Pour la chambre, le lit et mon journal intime. On peut tout oublier et faire comme si rien ne s'était passé, non ?

Je l'entends toujours. J'ai beau me couvrir les oreilles avec les mains, rien n'y fait.

— … ce n'est pas ta faute si ton père est parti. Toi, tu es parfaite. C'est lui qui nous a abandonnées. C'est lui, le lâche et l'irresponsable. Te bercer d'illusions à propos de lui ne t'aide pas. Tu dois affronter la réalité, chérie : il est parti pour de bon. Ton père n'est pas ce militaire qui se bat pour son pays dont tu parles dans ton journal. Il a préféré rester violent, plutôt que de se faire aider. Il a préféré le chômage et l'alcool à sa famille il y a longtemps.

Ses mots résonnent en moi.

C'est dur à entendre.

Ça fait mal.

Mais je le sais.

Je l'ai toujours su.

Mon père est parti il y a huit ans, sans se retourner. Après m'avoir répété sans relâche qu'il ne voulait pas de moi. Après avoir battu ma mère pendant des années autant qu'il le pouvait. Après avoir laissé cette maison dévastée. Comme un champ de bataille.

La réalité est trop difficile à affronter. Je pleure tellement que je suffoque. J'ai l'impression que je ne peux plus respirer.

C'est trop.

Trop douloureux.

Trop insupportable.

Trop à encaisser.

Mon téléphone portable vibre.

Un SMS de Mélodie s'affiche :

Désolée de ne pas avoir répondu. On t'attendait à la cantine. T'es où ?

Tout est brouillé dans ma tête.

SOS !!!

Mélodie – Le soleil au zénith

« … si tu me crées le moindre problème, Lisbeth, je te jure que je ferai en sorte que tu passes le reste de ta vie enfermée… »

Quand les frères Fish and Chips m'ont proposé de passer la soirée chez eux, je ne pensais pas aller regarder un film dans leur sous-sol. Je m'attendais encore moins à ce que toute la bande soit réunie, jusqu'aux groupies de service.

Est-ce que Tim me prend pour une de ses groupies ? Il rêve.

Devant *Millénium: Les hommes qui n'aimaient pas les femmes*, Sofia blêmit à vue d'œil. Elle ne supporte pas que l'héroïne soit à la merci d'un vieux dégueulasse qui abuse clairement de son petit pouvoir.

Pauvre chérie.

Plus le film avance, plus elle a l'air toute retournée.

Ça ne m'impressionne pas, moi. Plus tard, je veux être une femme forte. Une femme de pouvoir. Je veux grimper dans l'échelle sociale. Je veux avoir une voix qui compte, une place importante dans la société et décider.

Pour pouvoir faire tout ça un jour, je prépare mon avenir. Au lycée, ça commence par de bons résultats scolaires. Je suis dans le top cinq des meilleurs élèves de la classe. Et puis je dois fréquenter les bonnes personnes.

Je suis pile à la bonne place en ce moment !

Je sais d'ailleurs de source sûre que je ne laisse indifférent aucun des frères Fish and Chips.

C'est Fred qui me l'a dit. Ça aide d'avoir une taupe du côté des garçons du groupe. D'après Fred, Tim et Louis sont toujours en compétition pour tout, y compris pour les filles.

Le fait que j'aie fait ma première fois avec son petit frère a eu un effet positif sur Louis : il sait enfin que j'existe. Mieux ! Il me voit enfin comme une fille qui peut l'intéresser.

Fred m'a dit de me méfier des frères Colin. Il est trop mignon mais je ne crains rien. Timothée, c'était juste pour l'expérience. Un *one shot*. Ça ne se reproduira plus.

Son grand frère, c'est autre chose : j'en pince pour lui.

Et hop, un petit coup d'œil de Louis dans ma direction à l'insu de sa copine : je le savais ! Amandine ne va pas faire long feu. La pauvre, j'ai de la peine pour elle quand même. Mais je ne vais pas me sacrifier pour autant.

*

Fred arrive avec Malik alors que le film se termine. Je suis toujours plus à l'aise quand ils sont là. Ce sont vraiment des amis, pas des petits amis potentiels. Ça change tout.

Fred s'assoit à côté de moi. Il est surpris de me retrouver chez les frères Colin. Il me fait un signe de la tête et je lui réponds silencieusement que tout est cool. Il n'insiste pas. Mais Malik m'affiche rapidement devant tout le monde.

— On est quel jour, Fred, déjà ?

— Le 12 novembre, pourquoi ?

— Parce que c'est l'anniversaire de Mélodie !

Pas cool de balancer l'info sans me prévenir, mec !

À ce moment-là, Tim se rapproche de moi, au grand désespoir de Sofia.

Leur relation, c'est comme les montagnes russes. Un jour, ils sont ensemble et le lendemain, c'est terminé pour toujours. En réalité, ça finit par repartir chaque fois. Mais pas aujourd'hui apparemment.

— T'as quel âge ?

Tim veut des informations dont il se moquait bien quand on a couché ensemble.

— Seize.

Louis s'assoit derrière moi sur le dossier du canapé et me pose une main sur l'épaule, l'air de rien. Amandine ne peut pas détacher son regard de cette main.

Prise en étau avec Fred d'un côté, Tim de l'autre, Louis derrière moi et Malik qui me sourit en face, je ne sais pas comment réagir. En même temps, c'est vraiment très agréable d'être au centre de toutes les attentions.

La main que Louis a posée d'autorité sur mon épaule semble chiffonner son petit frère. Fred avait raison pour le côté compétition. Louis fait comme si Tim n'existait pas et poursuit :

— Ça se fête, seize ans. Grosse chouille en préparation ! Je suis chaud ! On passe à quelle heure chez toi demain soir ?

Ce que je voulais éviter absolument vient d'arriver.

La fête chez moi ? Impossible !

J'ai tâté le terrain avec mes parents il y a quelques jours. Résultat : le fiasco complet ! Quand j'ai suggéré de fêter mon anniversaire, mon père a évoqué la possibilité de faire un goûter d'anniversaire avec quelques amis proches et la famille.

Quand Lucien a éclaté de rire, je lui ai mis un grand coup dans l'épaule. Mais ça ne l'a pas arrêté. Il s'est moqué de moi, « la fifille à son papa qui va s'éclater avec des ballons et des chapeaux en carton ». J'ai dû changer de couleur parce que ma mère s'en est mêlée.

— Les goûters d'anniversaire, c'est pour les enfants, Pierre.

L'espace de quelques instants, je me suis sentie soulagée. Peut-être que ma mère n'est pas complètement *has been* après tout ? Peut-être qu'un adulte dans cette maison me comprend mieux que je ne l'aurais cru ?

Mais là, elle a repris :

— On devrait plutôt t'organiser une boum. Je m'occupe de tout : le gâteau, les jus de fruits. Ça va être terrible, tu vas voir.

Elle m'a souri comme si elle venait de sauver mon anniversaire. Elle était fière d'elle et de sa solution. Je suis restée sous le choc quelques secondes. Lucien est parti dans sa chambre en pleurant de rire. Il savait très bien comment j'allais réagir.

Une boum ? Elle est sérieuse ?

Elle pense que je vais avoir douze ans. Ma mère pourrait quand même se souvenir de l'année de ma naissance ou c'est trop demander ?

Mamie Odette a dévié son regard de la télévision pendant quelques secondes durant lesquelles son vieux rocking-chair s'est arrêté.

— Hors de question que je bouge d'ici. La boum des sauvages, ce sera dans le garage.

Puis elle a appuyé sur le bouton de la télécommande et son émission s'est remise à gueuler dans le salon.

Ça a été la goutte d'eau. Non seulement elle m'a pris ma chambre, je dois dormir sur un lit superposé avec Lucien en dessous qui pète toute la nuit mais en plus, je dois me contenter d'une boum minable dans le garage de mes parents !

Mes rêves ont éclaté comme une bulle de savon. Jamais je ne pourrai sortir avec Louis dans ces conditions. Jamais il ne mettra un orteil à une boum dans un garage miteux. Jamais je ne pourrai quitter cette taule pourrie.

J'ai tout de suite vu rouge. Je me suis mise en colère. Une colère noire, aveuglante et incontrôlable.

Je me suis déchaînée comme ça ne m'était jamais arrivé de toute ma vie. Les mots sont sortis de ma bouche sur un ton dur et d'une voix très haut perchée.

— Je suis plus une gamine ! J'en ai marre de toutes ces conneries ! Y en a que pour vous tous comme d'habitude ! Mon anniversaire, tout le monde s'en fout ! Je peux jamais avoir ce que je veux !

— Sur un autre ton, Mélodie ! On fait des efforts pour qui à ton avis, là ?

Mon père m'a prise pour une ingrate.

On ne voit pas les choses de la même façon.

Est-ce qu'il se rend compte que j'étouffe dans cette baraque ? Est-ce qu'il sait que je ne rêve que d'une chose : le moment où je partirai faire mes études. Ma rentrée à l'université. Ma porte de sortie.

Le plus beau jour de ma vie.

— Ça te ferait plaisir d'aller faire les friperies avec moi demain ? On pourrait aussi passer au marché et regarder les stands de vêtements.

Ma mère m'a souri tristement. Elle a essayé d'arrondir les angles et de me faire plaisir. Mon père a levé les yeux au plafond.

— Elle nous parle mal et toi tu veux la récompenser. C'est le monde à l'envers…

Il est sorti de la pièce tout en lançant :

— … pas plus de 20 €. Ça ne pousse pas sur les arbres, l'argent.

Je suis restée muette. Parce que si j'avais ajouté quoi que ce soit, ma mère ne s'en serait pas remise.

Les friperies ? Les stands de fringues du marché ?

Ma mère ne sait pas que tous mes copains ont des fringues de marque. Je camoufle comme je peux mes vêtements et mes chaussures pour que personne ne se rende compte qu'on n'achète que des imitations chez moi.

C'est un job à plein temps. C'est épuisant. Surtout dans les vestiaires de sport.

Leur vie de miséreux m'insupporte au plus haut point. Pourquoi faire des enfants dans ces conditions ? Je trouve leurs choix de vie très égoïstes.

Quand ma mère a été sur le point de pleurer, je me suis radoucie.

— Je n'ai pas besoin de fête ou de vêtements, maman. Juste un peu d'argent de poche, ça fera l'affaire.

Elle m'a souri mais le cœur n'y était plus.

Contre toute attente, Sofia revient à la charge dans le sous-sol des frères Fish and Chips.

— On peut t'aider à tout préparer, hein, Amandine ?

Amandine me fait un sourire forcé.

Les groupies se serrent les coudes à ce que je vois. Elles m'attendent au tournant et n'ont pas l'intention de se laisser exclure si facilement. Je suis tendue. Louis me serre l'épaule maintenant.

— On va rapporter du ravitaillement, t'inquiète.

Il a mal interprété ma tension. Timothée se lève alors.

— On va faire les courses ? Qui vient avec moi ?

Louis se lève à son tour. Les frères Fish and Chips se jaugent quelques secondes et partent ensemble sans rien ajouter.

Je suis coincée.

Comment je vais me dépêtrer de tout ça ?

Malik et Fred sont eux aussi sur le départ.

Ne me laissez pas seule avec les groupies, les mecs, pitié.

— On va au skatepark, tu viens ?

Heureusement que Malik peut lire en moi comme dans un livre ouvert. On sort rapidement tous les trois. Les garçons partent en avant sur leurs planches dans la rue.

J'ai beau retourner la situation dans tous les sens, je ne vois pas comment échapper à cette catastrophe annoncée : une grosse fête au milieu du salon de mes parents, avec papa qui fait la gueule, maman qui sort les jus de fruits et mamie agrippée à son rocking-chair. Le cauchemar...

Mon téléphone vibre dans ma poche.

C'est Faustine.

Qu'est-ce que tu fais demain, meuf ?

Je sais pas encore... Comment ça se passe avec ta mère ?

Depuis cette après-midi où j'ai débarqué après son SOS, Faustine est comme un zombie. Avec sa mère, elles ne s'adressent plus la parole. C'est à peine si Faustine accepte de répondre à mes questions d'ailleurs. Leur dispute concerne son père. *Le vrai.* Celui dont elle ne parle jamais parce que ça lui fait trop mal.

Ça se passe pas. Elle taffe tout le week-end... oxygène !

Ça te dit une soirée sympa pour te changer les idées ?

N'importe quoi pourvu que j'arrête de réfléchir !

Vendu ! Je viens chez toi demain soir.

☺☺☺

La voilà l'idée brillante qu'il me manquait. J'envoie un message à la bande des frères Fish and Chips.

Demain grosse fiesta chez Faustine à 20 h !!!

Les messages fusent dans la foulée.

Fred
Je vais pas rater ça !

Tim
Tous aux abris, la teuf du siècle !!!

Malik
Chaud bouillant ! Can't wait !

Louis
You rock baby

Je me sens toute légère d'un seul coup.

J'ai le sourire jusqu'aux oreilles et le cœur qui palpite de bonheur. Je vais réussir.

Louis est à moi.

Nappe de brouillard – Faustine

J'ai eu droit à la soupe à la grimace dès le petit déjeuner.

La température à la maison avoisine les moins vingt degrés depuis plus de dix jours. Je suis certaine qu'avec le réchauffement climatique, il fait plus froid ici qu'en Arctique. Une vague polaire s'est abattue chez nous depuis notre altercation.

Il est hors de question que j'y mette un terme ou que je fasse le premier pas. Ma mère ne sait plus quoi dire ni faire. Elle a l'air bloquée entre son envie de me consoler lorsqu'elle me voit les yeux rougis chaque matin et sa culpabilité d'avoir dépassé les bornes en pénétrant dans mon intimité et en trahissant ma confiance.

Qu'elle se débrouille. J'ai le cœur trop lourd pour m'en préoccuper.

Je suis sortie de la cuisine après le petit déjeuner sans un regard pour elle. Je n'ai pas prononcé un mot. J'avoue, je ne saurais même pas quoi lui dire.

Est-ce qu'on peut reprendre la vie comme si rien ne s'était passé après un tel cataclysme ?

Ça y est, ma mère est partie travailler. Elle a juste laissé un mot sur le comptoir de la cuisine, avec ses horaires de travail du week-end et une enveloppe avec du liquide pour faire les courses. J'ai le champ libre jusqu'à lundi matin.

Ouf !

Heureusement, les copines existent. Contre toute attente, dès que j'ai envoyé le SOS à Mélodie, elle a rappliqué dans la demi-heure. Elle s'est même excusée de passer tout ce temps avec les filles du club photo. Quand elle a vu mes yeux rouges et entendu ma voix pleine de sanglots, elle a promis de faire plus attention à moi. Et puis, elle n'a pas bougé de ma chambre jusqu'au lendemain matin.

Elle n'a pas posé de questions.

Pour une fois, elle ne m'a pas assommée avec un tas de choses dont je me fiche éperdument. Non. Elle est juste restée assise sur mon lit, en me caressant doucement les cheveux. Elle m'a laissée pleurer silencieusement, la tête posée sur ses genoux. J'ignore combien de temps ça a duré. Au bout d'un moment, je me suis endormie, épuisée.

Le lendemain matin, on est parties ensemble au lycée. Ça fait douze jours et je suis bien obligée d'admettre qu'elle fait des efforts. Elle voit toujours les filles du club photo et passe le plus clair de son temps avec la bande des frères Fish and Chips. Mais tous les soirs, elle passe me voir. Elle est présente. Je peux lui faire confiance. Pour lui faire plaisir, je lui ai acheté une paire de créoles en argent pour son anniversaire. Je lui offrirai tout à l'heure. Ça devrait lui plaire.

Avant de sauter sous la douche, je me demande ce qui est prévu pour ce soir. Mélodie m'a dit qu'elle me faisait une surprise. J'étais tout émoustillée jusqu'à ce que je reçoive un message plus qu'inattendu de Fred.

> Qu'est-ce qu'il faut amener ?
> Top cette soirée en tout cas ☺ ☺ ☺

Mélodie n'a pas encore compris ce qui me semble pourtant évident : je hais ce type ! Elle a sans doute voulu bien faire en l'invitant. Elle a pensé que ça me changerait les idées. Mais avec ce boulet de service, ça va tourner au calvaire pour moi.

Si je dois me farcir Fred, j'appelle Loïc et Jimmy à la rescousse. Le message est à peine parti que déjà Loïc me dit qu'il est chaud. On ne sera pas trop de trois pour se serrer les coudes face à Monsieur « je te pique ta place et je te nargue ».

Maintenant que j'ai assuré mes arrières, je grimpe quatre à quatre les escaliers. Une fois dans ma chambre, je n'arrive pas à répondre à une question : quel jeu choisir ? On pourra toujours finir la soirée en matant un film ou une série. Avec tous mes abonnements aux plateformes de streaming en ligne, on a de quoi faire. Mais choisir un jeu, c'est tout un art : qu'est-ce qui va plaire à tout le monde ? Est-ce que Fred est un petit joueur du dimanche en mode Monopoly de papy ? Ce serait vraiment cool, une bonne occasion de le battre et de le remettre à sa place. J'avoue que cette partie de la soirée me ferait un bien fou.

À 20 heures pétantes, je suis prête. Mélodie arrive dans la foulée. Elle débarque comme une tornade et parle très vite. Elle a l'air tout excitée et porte un gros sac à dos. Je ne comprends pas tout ce qu'elle dit.

Elle fonce direct à l'étage dans ma chambre. J'ai juste le temps de comprendre que tout le monde arrive et qu'elle doit se préparer en mode star de cinéma.

Hein ? Mais pourquoi elle a besoin de se maquiller et

de s'habiller comme pour monter les marches à Cannes alors qu'on doit jouer toute la nuit ?

Quelques minutes plus tard, Mélodie descend. Elle a fait la totale cette fois : vernis à ongles, chaussures ouvertes à talon, jean slim, eye-liner, rouge à lèvres. Comme ça on lui donnerait vingt ans. Elle est très belle, mais je trouve quand même qu'elle en fait beaucoup trop pour une petite soirée de « soutien moral ».

Et puis la sonnette retentit une nouvelle fois. Je m'attends à trouver Fred ou Loïc et Jimmy. Mais quand j'ouvre la porte, j'ai un choc : ce sont Malik, Julien et Pavel qui entrent avec des sacs remplis à ras bord. J'aperçois des chips, des biscuits mais aussi des bières, de la téquila et de la vodka. Je prends une petite seconde avant de…

Non, elle n'aurait pas osé ?

Le temps que je reprenne mes esprits, c'est le raz-de-marée chez moi. Tout le lycée semble s'être donné rendez-vous ici. Enfin, je devrais plutôt dire que Mélodie a donné rendez-vous à tout le lycée. Ils ont des cadeaux d'anniversaire pour elle. Elle est clairement la reine de la soirée.

Je l'observe de loin, les bras ballants. Même si je sens la colère monter en moi, je ne vois pas bien comment je pourrais me débarrasser d'eux avec mes deux petits bras.

Mélodie me fait signe de l'autre côté de la pièce, comme si c'était normal d'organiser la plus grosse fête de l'année chez moi sans m'avoir demandé mon avis.

C'était ça, ma surprise ?

Je lui retourne un sourire pincé. Elle peut s'asseoir sur son cadeau d'anniversaire : elle ne verra pas la couleur de cette paire de créoles. Je sens que je vais me déchaîner sur elle quand cette soirée sera terminée…

Si elle se termine un jour.

Loïc et Jimmy arrivent en même temps que Fred. Mélodie accueille son super pote à bras ouverts, mais n'a pas l'air très heureuse de voir Loïc et Jimmy. Elle me fait signe qu'elle ne comprend pas ce qu'ils font là : je ne comprends pas ce qui la chiffonne.

Je suis chez moi après tout !

On ne dirait pas… Mélodie donne des ordres à tout le monde : elle montre aux garçons où ranger les bouteilles, aux filles où prendre les verres. En bonne maîtresse de maison, elle organise sa soirée d'anniversaire. Elle est sur un petit nuage.

J'essaie d'arriver jusqu'à elle. Avec le monde, je n'y parviens pas. Elle se marre à pleines dents avec ses deux nouvelles meilleures amies : Sofia et Amandine. Quand je me retourne, Fred a presque le nez collé à moi. Juste au moment où il veut me parler, j'aperçois

Louis. Il met la musique à fond : *sauvée par le gong !* Je mime à Fred que je n'entends rien et je me dirige vers Jimmy et Loïc.

Les garçons sont en grande conversation avec des filles que je connais seulement de vue. Jimmy lorgne du côté de Mélodie. Il essaie de la rendre jalouse. Je lui fais un clin d'œil discret et je m'éclipse. Je me mets à l'écart, dans un coin. Malik me fait un signe. Il lève un verre pour savoir si j'en veux. Mais je n'ai pas le cœur à fêter l'anniversaire de Mélodie dans ces conditions.

De loin, j'observe les autres. Mélodie connaît tout le monde ou fait comme si. Elle est tellement à l'aise que c'en est rageant. Je voudrais y arriver mais je n'ai pas ça en moi. Et puis les dernières semaines ont été tellement difficiles, j'ai envie de pleurer. De rage. De colère. À la place, je serre les dents et je ravale mes larmes. Je ne peux pas m'afficher en public comme ça.

Si Mélodie a voulu m'aider ce soir, elle s'est plantée.

*

Au bout d'un certain temps, je remarque que Mélodie boit beaucoup trop. Elle multiplie les verres de « tek paf » avec Louis. Tous les autres l'encouragent : *Mélodie !*

Mélodie ! Mélodie ! Si elle ne fait pas attention, dans pas longtemps c'est elle qui va être complètement paf. Elle a l'air de s'en moquer, assise entre les frères Fish and Chips.

Est-ce que je suis jalouse ?

Je vois Sofia, la copine de Timothée, qui vient dans ma direction. Ça fait quelque temps qu'elle cherche un moyen de passer dans la foule pour arriver jusqu'à moi.

— Sympa la fête.

C'est plat comme entrée en matière.

Tu peux faire mieux, meuf.

Je lui souris poliment. Je ne sais pas quoi lui dire. Mais apparemment, elle s'en moque.

— On fait un break avec Tim.

J'essaie de ne pas avoir l'air trop réjouie devant elle, mais c'est la meilleure nouvelle de la semaine.

Sofia fait la tronche. Elle joue les petits chatons écorchés.

Elle ne veut quand même pas que je la console, non ?

— Tout ça à cause de Mélodie… mais excuse-moi, je ne devrais pas t'embêter avec ça.

Sofia se retourne pour partir. Je la retiens par le bras.

— À cause de Mélodie ? Pourquoi ?

J'ai le cœur qui palpite.

Qu'est-ce que Mélodie a à voir là-dedans ?

Sofia attend quelques secondes. On dirait qu'elle ménage son petit effet. Je vois une étrange lueur dans son regard.

— Tu sais bien.

Je fais non de la tête. Je ne vois pas de quoi elle veut parler.

— Mélodie ne t'a rien dit ? Ça m'étonne, c'est comme ça qu'elle a intégré officiellement la bande...

Sofia a presque un sourire.

Qu'est-ce que c'est que ce délire ?

— Mélodie a couché avec Tim...

Ce n'est pas possible. Si Mélodie avait fait un truc pareil, elle me l'aurait forcément dit. Avec notre pacte, elle ne peut pas avoir fait ça.

Et puis, c'est Louis qui l'intéresse. Pas Tim.

— ... il y a un mois.

Et là, ça me revient. Le comportement fuyant de Mélodie. Son père qui l'a conduite au lycée tous les matins. Les messages sans réponse. La grande entente avec tous les garçons de la bande.

C'était juste sous mon nez et je n'ai rien vu.

Comment elle a pu me faire ça ? Comment elle a pu ne rien me dire, à moi, sa meilleure amie ?

Quand je la vois au milieu de la bande, je sais que je ne suis plus sa meilleure amie. Mélodie se sert juste de moi. Comme ce soir, pour avoir ce qu'elle veut : une grosse soirée pour son anniversaire. Pour briller devant tout le lycée. C'est pathétique.

Je me décompose. Ça n'échappe pas à Sofia.

— Je suis désolée, je croyais que tu savais.

Et là, elle me laisse pour aller retrouver sa copine Amandine. Je les vois se marrer de loin. Sofia a eu sa petite vengeance. Tim l'a trompée avec Mélodie. Alors elle la balance pour lui causer des problèmes.

C'est si évident que Timothée me plaît ?

Je pique un fard. Mais je refuse de subir encore une situation pourrie.

Malgré la foule, je me fraie un chemin jusqu'à la cuisine à grands coups de coudes. Ça défoule. Malik prépare des shots d'alcool. Il m'en tend un.

— Cul sec.

Je prends le verre et je le regarde quelques instants. J'entends Mélodie rire et s'esclaffer avec Louis.

Je ne me retourne pas. Je ne la supporte plus. Elle m'a trahie.

Elle glousse comme une bécasse maintenant. J'avale la téquila d'une traite pour faire passer la pilule. Je fais la grimace. Je n'aime pas ça.

Pourtant, quand Malik me ressert, je bois chaque fois.

Ça dure un petit moment. On finit par bien rigoler ensemble. Malik est un mec cool. Pas prise de tête. Je le découvre. Et puis, au bout d'un certain temps…

— Mauvaise journée ?

Je me retourne et je tombe nez à nez avec Tim. Il me prend en photo avec son appareil numérique. Je me fige. Je suis mitigée entre l'envie de l'étrangler et celle de l'embrasser. La téquila commence à me faire de l'effet. Comme Tim a la banane, j'éclate de rire. Il se marre avec moi.

Par-dessus son épaule, je vois Mélodie. Elle embrasse Louis à pleine bouche. Cette fille me tue. Ça me fait redescendre quelques instants de mon nuage alcoolisé.

Quelqu'un me met un shot de téquila sous le nez. C'est Tim. Il me fait un clin d'œil. Lui aussi a un shot à la main.

— Aux journées pourries !

Oh oui, je trinque à ça !

Et j'engloutis la téquila en un instant. Tim fait pareil.

J'aperçois Jimmy blêmir en voyant Mélodie embrasser Louis. Il part juste après, suivi par Loïc. Ce dernier se retourne une dernière fois pour me regarder et s'excuser en haussant les épaules.

Je vous comprends, les mecs.

J'enchaîne ensuite les téquilas. Je ne sais pas combien de temps ça dure. Je flotte sur un petit nuage. Je ne veux plus penser à Mélodie. Je ne veux plus penser à qui que ce soit ni à quoi que ce soit. Je ne veux plus être moi.

Ce soir, j'oublie tout.

Même ma timidité maladive avec les garçons.

Avec Tim, on s'amuse bien. Comme des gamins de six ans. Il prend tout ce qui bouge en photo, en mode rafale. Les visages sont flous, tordus et affreux. Il appelle ça « sa collection de monstres ».

Les basses de la sono improvisée par Louis font vibrer les vitres. Ça nous fait rire. Sofia fait la gueule, prend son manteau et se barre. Ça nous fait rire. Fred nous regarde comme si on était des extraterrestres. Ça nous fait rire… jusqu'à ce que Tim m'embrasse. Comme ça. En plein milieu de la piste de danse. J'ai les jambes qui flageolent. Tim me soutient. Son baiser a le goût de la téquila et de la cigarette. Je sens son parfum aussi. Ça y est. J'ai oublié pourquoi je me suis saoulée. J'ai juste envie qu'il continue de m'embrasser.

Encore… et encore…

Je perds la notion du temps.

D'un seul coup, je m'aperçois qu'on est assis sur le canapé en face de Mélodie et Louis. Timothée a ses mains sur mes hanches et m'embrasse dans le cou.

Mélodie et Louis se lèvent à un moment et partent main dans la main. Timothée me laisse sur le canapé. Malik est à côté et débite des conneries à toute allure. Je ne peux plus m'arrêter de rire même si je ne comprends pas tout. C'est plus fort que moi : j'ai un fou rire incontrôlable et ma tête tombe en arrière sur le canapé.

Fred arrive pour parler avec Malik et me demande si je me sens bien. Enfin, je crois. Je suis un peu dans le brouillard. Il part me chercher un verre d'eau. Il me semble. Mais quand j'ouvre à nouveau les yeux, c'est Timothée qui se trouve devant moi. Il m'embrasse et rit. Il veut m'emmener prendre l'air. Il a raison. Ça me fera du bien.

Je m'appuie sur son épaule. Je marche bizarrement. J'ai les jambes dans du coton. On monte les escaliers. Il me dit qu'on pourra mieux discuter à l'étage. Qu'il y a moins de monde.

Quand on arrive sur le palier, je vois Louis sortir de la chambre de ma mère. Il remet son tee-shirt et fait un check à son frère. La porte est entrouverte, je vois une fille allongée sur le lit avec des longs cheveux bruns.

Mélodie ?

Mes paupières sont lourdes. Je les ferme. La musique est loin maintenant. Je ne sens que les basses dans mes pieds. J'ai l'impression de complètement partir, portée par l'alcool. Et puis, j'ai encore ce goût de téquila et de cigarette dans la bouche. C'est agréable jusqu'à ce que ça dérape.

J'ouvre les yeux comme je peux, Timothée est allongé sur moi. On est sur mon lit. Il me bloque avec son poids.

Il est lourd.

Très lourd.

Je ne sais pas depuis combien de temps on est là. Tim a relevé mon tee-shirt et essaie de dégrafer mon soutien-gorge. Je lui demande d'arrêter. J'ai du mal à respirer et je ne me sens pas bien. Mais il est très insistant.

Il relève un peu plus mon tee-shirt et m'embrasse la poitrine. J'essaie de le pousser mais il est trop lourd. Il me dit de ne pas stresser. Qu'il va être doux. Il a l'habitude. Mais je panique quand il descend la main vers mon jean. Je lui demande encore une fois d'arrêter.

Je ne veux pas. Je ne suis pas prête.

Il ne m'écoute pas et déboutonne mon pantalon. J'essaie de me dégager mais je n'ai pas la force. Je crie presque quand la porte de la chambre s'ouvre. On allume la lumière violemment : c'est Fred.

Je n'ai jamais été aussi heureuse de le voir.

Nappe de brouillard – Fred

Quand j'ouvre la porte, ce que je vois est insupportable. Faustine est coincée en dessous de Tim. Elle se débat alors qu'il veut profiter d'elle.

— Lâche-la tout de suite !

Je n'ai jamais entendu autant de colère dans ma voix. Tim se marre.

— Barre-toi, elle en a envie.

Tim ne relève même pas la tête. Faustine me lance un regard implorant.

— Est-ce que tu veux rester avec lui ?

— Non !

Le cri du cœur.

Je me précipite vers elle et je pousse Tim. Son appareil photo tombe de sa poche sur le sol. Faustine réussit à se dégager et se jette dans mes bras. Je l'emmène vers le couloir. Tim se relève aussitôt et voit son appareil brisé par terre.

— Toi, minus, t'aurais jamais dû faire ça.

Il se précipite vers moi et me chope le bras quand j'arrive dans le couloir. Je pousse Faustine devant moi et je me tourne pour faire face à Tim.

J'ai la trouille. J'ai du mal à avaler et une sueur froide me coule dans le dos.

J'espère qu'il ne voit pas la terreur dans mes yeux.

Je me dégage le bras d'un coup sec.

Même s'il a bu, Tim est plus grand et plus costaud que moi. S'il décide de me mettre une droite, je ne pourrai pas y échapper. Je risque même d'être KO.

Mais qu'est-ce qu'il va faire à Faustine alors ?

La colère prend le dessus sur la trouille. Je le pousse violemment, en mode petit mec nerveux.

Est-ce qu'il y croit ? Est-ce qu'il pense que je n'ai pas peur de lui ?

Je prends fermement la main de Faustine et on lui tourne le dos. Mais Tim ne lâche pas facilement l'affaire. Il me chope par l'épaule juste au moment où Malik arrive en haut de l'escalier.

— Vous avez vu Julien ?

L'atmosphère est lourde et tendue.

— Y a un problème, Tim ? demande Malik.

À ce moment-là, Julien sort de ce qui doit être la chambre de la mère de Faustine. Il boutonne son jean.

Qu'est-ce qu'il fait là ? Avec qui il était ?

— C'est quoi la suite du programme, les mecs ?

Julien nous sourit, prêt à faire la fête toute la nuit.

— Un cap's, *man* ! lance Malik. Fred, tu joues ?

— Non, je dois régler un truc avec Faustine.

Malik me fait un clin d'œil. Tim est bloqué avec ses potes. Il leur sourit et fait comme si rien ne s'était passé. Il ne veut pas se mettre Malik à dos en se battant avec moi. Je suis tranquille pour cette nuit.

Mais demain…

Quand les autres regardent ailleurs, Tim me fait signe que je suis mort. Il ne supporte pas qu'on s'interpose entre lui et ce qu'il veut.

Pour le moment, je dois m'occuper de Faustine. Elle est entre la terreur et le choc. Elle a beaucoup trop bu ce soir et ne tient plus debout. Quelqu'un doit la protéger.

Soudain…

— Je vais vomir…

Je soutiens Faustine pour qu'elle sorte rapidement. En descendant l'escalier, j'ai juste le temps de voir par l'embrasure de la porte de la deuxième chambre une tête brune.

Mélodie ?

Nappe de brouillard – Mélodie

Quelle heure est-il ?

0 h 27

J'ai froid.

Qu'est-ce que je fais là ?

Où sont mes vêtements ?

Je ne sais plus… J'ai mal aux yeux… juste envie de dormir… encore…

Quelle heure est-il ?

0 h 52

Où est Louis ?

Il m'a dit qu'il allait chercher une bouteille d'eau et qu'il revenait.

J'ai la tête qui va exploser. Comme si un marteau piqueur me tapait le cerveau sans jamais vouloir s'arrêter.

J'ai la bouche pâteuse et tellement sommeil…

La porte s'ouvre encore. Pour la deuxième ou troisième fois ?

Je ne sais plus…

Quelle heure est-il ?

1 h 11

Je vois une silhouette dans la pénombre. Louis est revenu.

J'ai tellement soif que j'ai presque envie de vomir. Je n'arrive plus à garder les yeux ouverts.

Je n'ai pas la force de me relever… d'allumer la lumière pour prendre la bouteille d'eau… je sombre…

Quelle heure est-il ?

1 h 14

Je sens Louis sur moi. Il s'est déshabillé.

Il est lourd… tellement lourd… je ne peux plus respirer.

J'essaie de le pousser mais je n'ai plus de force. Il m'embrasse…

Ce goût de téquila et de cigarette…

Ça me donne envie de vomir. Je lui demande d'arrêter. Mais il continue à poser ses mains partout sur moi. Je parle plus fort pour qu'il entende et là, il me plaque violemment contre le matelas et me maintient les bras.

Il me fait mal.

Je n'arrive pas à me dégager.

— Arrête de bouger, j'en ai pour cinq minutes…

C'est le choc. Je tremble de partout.

— … t'as pas fait autant de manières l'autre soir.

Je voudrais partir en courant mais je n'y arrive pas.

Les larmes coulent sur mes joues.

Je viens de réaliser.

Ce n'est pas Louis sur moi mais Timothée.

J'essaie de me dégager. Je lui dis que je ne veux pas. Il continue quand même.

Il est trop fort.

Je suis tétanisée.

Je ne peux plus bouger.

J'ai l'impression de quitter mon corps.

Faustine – Entre chien et loup

Non…

Non…

NON !!!

Je me réveille en sursaut et en sueur.

J'ai fait un cauchemar. À qui je parlais déjà ? C'est le trou noir.

Je suis dans le brouillard et j'ai mal aux cheveux.

Ma bouche est pâteuse. J'ai tellement soif que je pourrais boire dix litres d'eau sans m'arrêter.

Je mets quelques instants avant de me souvenir de ce qui s'est passé hier soir.

Mélodie… la soirée chez moi… le monde partout…

Ouille ! Je me frotte la tête. C'est la téquila qui m'a mise dans cet état. Je fais moins la maligne ce matin qu'hier en trinquant avec Malik et… *Timothée.*

Ça y est, ça me revient tout doucement… les shots de téquila.

Tim et moi sur la piste de danse.

Tim et moi sur le canapé en train de nous embrasser.

Tim et moi…

J'ai la nausée.

Même avec cette impression d'avoir la tête coincée dans un étau, je me rappelle. Pas en détail. Pas tout ce qui s'est passé. Mais juste assez pour savoir que Timothée n'est pas celui que j'avais imaginé. Non. Vraiment pas.

Je me souviens de son haleine, son souffle sur moi et surtout de son poids. Je ne pouvais plus bouger.

Est-ce que ?

Je n'ose même pas y penser.

Tout à coup, j'ai le souffle court et je me retourne. Il n'y a personne à côté de moi dans le lit. Je respire un peu mieux. Mais ça ne dure pas. Je panique et je me lève aussitôt. Même si la pièce est plongée dans le noir, j'en suis certaine.

Je ne suis pas dans mon lit ! Ce n'est pas ma chambre !

La porte s'ouvre tout doucement en grinçant. Un filet de lumière passe : je distingue une silhouette qui avance vers moi. Je me fige. La personne pose un mug sur le bureau.

J'ai beau réfléchir, je ne connais pas cette chambre. Puis il ouvre le store.

Quand je le reconnais, je papillonne des yeux quelques secondes : c'est Fred. Je ne m'attendais pas à lui. Vraiment pas. Il a l'air gêné.

Qu'est-ce que je devrais dire ?

— Tu dois te demander ce que tu fais dans ma chambre…

Sans déconner. T'as trouvé ça tout seul ?

Et puis je me rends compte que quelqu'un a dormi par terre sur un matelas gonflable avec un duvet. Juste à côté du lit, il y a une bassine.

Est-ce que j'ai été malade cette nuit ?

Fred suit mon regard.

— T'en as pas eu besoin. T'as vomi tout ce que tu pouvais dans les buissons de tes voisins.

Mince ! Si je voulais que ça passe inaperçu, c'est loupé.

Fred sourit. D'habitude, j'ai l'impression qu'il se moque de moi. Mais bizarrement, pas à cet instant précis.

Qu'est-ce qui a changé ?

Il devient sérieux tout à coup.

— Tu te souviens de ce qui s'est passé hier ?

— Vaguement…

Fred serre la mâchoire. Son regard est plus dur.

Ça me rappelle…

Ça me rappelle…

La façon dont il a regardé Tim hier dans ma chambre.

Et puis, comme un film accéléré, certains moments me reviennent un peu plus clairement. Tous les verres d'alcool que Tim m'a servis. Les regards qu'il a lancés vers Mélodie quand elle embrassait son frère. Ses baisers volés dans la précipitation. Et puis ce qu'il voulait, allongé sur moi dans ma chambre. Je me souviens de la panique et la détresse quand je n'ai pas pu me dégager. Et cette terreur de devoir faire quelque chose que je ne voulais pas.

Non, je ne voulais pas coucher avec Tim.

Je lui ai dit.

Il n'a rien voulu savoir.

Malgré mon degré d'alcoolémie la veille, je sais que j'ai dit non. J'en suis certaine. Ce n'est pas possible autrement.

Je me laisse tomber sur le lit. Fred s'assoit à côté de moi. Si j'ai pu m'en sortir indemne, c'est grâce à lui. Il m'a sauvée. Je suis troublée.

Fred me pose une main sur l'épaule, je me dégage sans réfléchir. Je m'en veux aussitôt mais c'est trop tard.

— Merci de m'avoir aidée hier.

Fred me fait un signe de tête. Il n'ose plus bouger ou dire quoi que ce soit. Ma réaction l'a touché.

Je me suis vraiment plantée sur toute la ligne à son sujet.

Et là, je réalise.

Je n'y connais rien en matière de garçon. Je n'ai pas eu un exemple de père correct pour comprendre comment ils fonctionnent. Pour voir clair dans le jeu des mauvais garçons… et repérer les gentils. J'ai été tellement naïve en pensant que Timothée était un mec bien. Un type romantique et attentionné.

En réalité, c'est tout le contraire. C'est le genre à saouler les filles pour profiter d'elles. Le genre qui prend ce qu'il veut sans demander la permission.

Timothée Colin est une ordure !

Le Tim que j'ai fantasmé n'existe pas plus que le père que je m'étais inventé.

C'est plus fort que moi, je me lève, je fais les cent pas et les mots fusent dans tous les sens.

— Je vais pas me laisser faire ! Je vais le dénoncer ! Que tout le monde sache ce que Monsieur Tim Colin fait aux filles dans les soirées !

— Je sais ce qu'il t'a fait. Ou ce qu'il voulait te faire. Mais tu n'as aucune preuve concernant d'autres filles.

Fred a raison. Et ça m'énerve encore plus. Parce que

je suis sûre et certaine qu'il n'en est pas à sa première tentative. Ce serait trop énorme.

— Tim est un gars populaire. Crois-moi sur parole, avec ce genre de mec, tu gagnes jamais. C'est ta parole contre la sienne.

Pas seulement.

— Toi aussi, tu as tout vu.

J'observe Fred. Il acquiesce mais ne dit rien. Il a l'air tendu tout à coup. Il sait très bien où je veux en venir.

— Est-ce que je peux compter sur toi si je le confronte ?

Fred réfléchit quelques instants. Son amitié avec Malik doit peser dans la balance. S'attaquer à Timothée, c'est s'attaquer à toute sa petite bande. Et Fred en fait partie maintenant.

Je lui en demande beaucoup. J'en ai conscience. J'accepte qu'il ne peut pas me promettre un truc pareil au moment où…

— Oui, tu peux compter sur moi…

Son regard est résigné et franc. Je le trouve très rassurant.

Mais pourquoi je ne l'ai pas vu comme ça plus tôt ?

— … tout comme tu peux compter à deux mille pour cent sur Mélodie. Elle fait partie du groupe, elle pourra sans doute t'aider.

Quand il a fini sa phrase, je me mords la lèvre. Je ne suis pas d'accord avec Fred.

Mélodie a rompu notre pacte. Elle m'a menti. Elle m'a trahie. Même si je sais maintenant que Timothée Colin est une pourriture, je ne peux pas m'empêcher de lui en vouloir à mort. Elle allait bien tout ce temps-là. Elle rayonnait et paradait dans le groupe des frères Fish and Chips. Elle n'a pas pensé une seule seconde que peut-être, elle me devait la vérité : à moi, sa meilleure amie d'enfance.

Comment elle a pu me faire ça après dix ans d'amitié ? COMMENT ?

Je connais Mélodie par cœur. À cet instant, elle me traiterait de sale rancunière. Je le suis, c'est vrai. Mais cette fois, elle est pire que moi : ce qu'elle a fait, c'est vraiment dégueulasse ! Et j'enrage encore plus.

Elle a tout détruit. Tout ça pour entrer dans un groupe de sales types.

Je suis dégoûtée.

— C'est hors de question de parler à Mélodie de ce qui est arrivé hier.

— Mais pourquoi… ?

— Parce que !

Fred me regarde quelques secondes. On dirait qu'il analyse mon expression. Qu'il essaie de décrypter mon état d'esprit. Il doit me prendre pour une folle furieuse. Il va me demander de partir de chez lui. Tout de suite. Après tout, Mélodie est ce qui se rapproche le plus d'une meilleure amie pour lui aussi.

Mais je ne suis pas folle. Je ne veux pas que Mélodie ait pitié de moi et vienne, l'air de rien, pour me réconforter. Je ne veux pas d'un faux soutien teinté de traîtrise. Elle m'a planté un couteau dans le dos. Je ne veux plus rien avoir à faire avec elle. Point barre !

— D'accord. Je ne lui dirai rien.

Je suis scotchée. Je n'en reviens pas à quel point j'ai été aveugle depuis la rentrée.

Depuis la rentrée ?

De qui je me moque. Même si je ne lui adresse plus la parole, ma mère a raison : je dois arrêter de me mentir à moi-même. Je ne fais que projeter la réalité dont je rêve. Je ne vois pas les choses ou les gens tels qu'ils sont. Et ça dure depuis des années.

J'ai cru que Tim était le prince charmant.

Réveille-toi, ma vieille ! Le prince charmant n'existe que dans les histoires pour les petites filles !

Pauvres petites filles… On nous abreuve d'histoires pleines de guimauve. Qui peut croire que les garçons délivrent les princesses en détresse ? Pourquoi ce serait aux filles d'être en détresse d'abord !

Et puis, la vraie vie, ça n'a rien à voir. C'est parfois brutal. Ça fait mal. Et on doit être prêt à se battre.

Quand je regarde Fred, je suis obligée d'admettre qu'il a assuré hier soir. Il m'a aidée. Il m'a vue vomir et il m'a quand même amenée chez lui. Il a mis une bassine à côté de moi, au cas où je serais encore malade. Il m'a prêté son lit. C'est réconfortant de voir que je peux compter sur quelqu'un. Même si je n'aurais pas parié sur Fred.

J'ai envie de lui faire confiance. Je sens que je peux lui faire confiance.

Est-ce que je me trompe encore ? Est-ce que j'imagine des choses ?

Je ne sais pas pourquoi mais je lui prends la main. Elle est chaude et rassurante. Il reste là, tranquille, à côté de moi. Et puis ses yeux cherchent quelque chose dans les miens. Une réponse ? Un signe ? Un encouragement ?

Je vois tellement de douceur et de bienveillance en lui tout à coup, je m'avance et je pose mes lèvres sur les siennes.

Je suis complètement folle, non ?

Tim a essayé d'abuser de moi cette nuit et je suis déjà en train d'en embrasser un autre.

Je recule. Fred est surpris. Moi aussi. Au bout de quelques secondes, il murmure :

— Est-ce que je peux…

J'acquiesce timidement.

Il m'embrasse alors en retour. Son baiser est tendre. C'est très agréable. Je sens des papillons dans mon estomac.

Mais qu'est-ce qui se passe ?

Sans réfléchir, je m'approche un peu plus de lui. Je pose la main sur son cou puis sur son épaule. Fred recule un peu. Je me rapproche une nouvelle fois. Je lui prends la main. Il me laisse faire. Puis je remonte l'autre main sur son torse. Et là, c'est moi qui me fige. Je… *Quoi ?*

J'en perds mes mots.

Qu'est-ce que c'est que cette embrouille ?

Fred fuit mon regard. Il a les joues rouges et l'air effrayé. Une chose résonne alors dans ma tête : Fred n'est pas net. Il a un secret.

Je le savais depuis le début.

Mais je n'aurais jamais pu imaginer un truc pareil. Je ne peux pas affronter ça maintenant. C'est trop pour cette semaine. Je regarde mes pieds comme si ma vie en dépendait.

Et puis je me rappelle : cette nuit, il y a eu la plus grosse fête jamais donnée cette année.

Chez moi.

Je ne pourrai jamais oublier ce week-end du 14 novembre. Jamais.

La maison doit être dans un sale état. Je repère mes chaussures, je les ramasse à la va-vite et je m'arrête sur le pas de la porte. On échange un regard gêné avec Fred.

— N'en parle à personne… s'il te plaît.

Je ne dis pas un mot.

Il sait que je sais.

J'acquiesce. Je lui dois bien ça.

Lui ?

Je suis perdue. Je lui fais un signe de la main avant de me sauver.

En sortant de l'appartement du frère de Fred, je suis confuse. Mais je me promets une chose : affronter la vérité. Pour la première fois. Ne plus mentir. Ne plus ME mentir.

Vivre dans la réalité, même si elle est difficile. Compliquée. Douloureuse.

Je parlerai à Fred de son secret.

Bientôt.

Promis.

Fred – Avis de tempête

Lundi 23 novembre
Cours de chimie – 11 heures

LE NOYAU DE L'ATOME

<u>1°) Les éléments chimiques</u>

A – Notion d'élément et classification

…

…

…

B – Le noyau dans l'atome

L'atome est composé d'un noyau entouré d'électrons.
Les électrons se déplacent dans l'espace « vide » autour du noyau…

…

Le cours de M. Pullevin est assommant ce matin. Je ne suis pas certain de choisir spécialités scientifiques l'année prochaine si les cours ressemblent à ça : un électrocardiogramme plat.

Le prof a raison au moins sur un point. Les électrons se déplacent dans l'espace vide autour du noyau. Mélodie se déplaçait dans l'ombre des frères Fish and Chips depuis la rentrée. Mais depuis une semaine, elle est sortie de leur orbite. Elle rase les murs. Elle ne parle plus. Elle s'habille comme un sac. Elle s'emmitoufle dans des pulls trop grands pour elle et des pantalons de jogging difformes. Je ne la reconnais plus.

Mélodie a les yeux bouffis. J'ai le sentiment qu'il se passe quelque chose de grave. Mais elle refuse de répondre à mes questions. Elle élude chaque fois, en prétextant être juste un peu malade.

Pire ! Mélodie s'est assise seule au fond de la classe et m'a sommé de rejoindre Malik devant le bureau de M. Pullevin. Elle ne m'a pas laissé le choix.

À cette distance du prof, j'ai une vue imprenable sur les pellicules qui tombent dru sur son pull jacquard. Il neige sur ses épaules.

J'ai l'impression d'avoir été puni. D'avoir mal agi. Mais je n'ai aucune idée de ce qu'elle me reproche. À l'exception peut-être de ce qui s'est passé avec

Faustine. Mais je ne pense pas qu'elle soit au courant. Et puis je ne vois pas pourquoi ça lui poserait un problème.

*

Lorsqu'on sort de la classe, Mélodie est juste devant moi. J'aperçois quelques élèves de première qui ricanent et font des messes basses.

Je suis parano si je pense qu'ils se foutent de moi ? Est-ce que Faustine m'aurait balancé ?

Ils gloussent quand je passe devant eux. Je commence à transpirer.

Je vois justement Faustine descendre l'escalier central. En l'apercevant, Mélodie disparaît dans un autre couloir.

Les filles ne s'adressent plus la parole en ce moment. Aucune des deux ne veut m'expliquer ce qui se passe entre elles. *Ambiance.* Je n'y comprends rien.

Je suis certain d'une seule chose : Faustine m'évite depuis ce qui s'est passé entre nous. Elle regrette, j'en suis sûr. Et maintenant elle sait.

Cette idée me perturbe de plus en plus, au point que je n'arrive plus à rien côté calcul mental.

Impossible de décompresser.

Les nombres s'embrouillent dans ma tête. Il ne reste qu'une suite de chiffres décousue. Sans aucun lien. Le néant.

Si les choses continuent comme ça, c'est l'implosion garantie.

Malik me rejoint et on part ensemble à la cantine. Les potes sont toujours là, même quand il y a des embrouilles. C'est bon à savoir.

Au self, c'est spaghettis bolos aujourd'hui. *Spaghettis sauce dégueulis* comme les appelle Mélodie. Je souris tout seul. Elle me manque. La Mélodie déconneuse me manque.

Pas le fantôme qui hante les couloirs du lycée.

J'aperçois Louis en grande conversation avec Bilal, son pote pion. Je suis Malik à la table habituelle, au fond. Timothée me regarde de travers. Il est revenu aujourd'hui. J'ai eu une semaine de répit, grâce à Mme Gastroentérite. Une épidémie bienvenue en cette fin novembre.

C'est fou comme ça casse le personnage de l'imaginer à l'agonie au-dessus de la cuvette des toilettes. Cette image m'a collé le sourire pendant plusieurs jours.

Là, tout de suite, à un mètre de lui, je fais beaucoup moins le malin. Mais je garde la face. J'essaie d'être le plus dédaigneux possible mais sans le provoquer. Tim ne dit pas un mot. Il ne s'approche même pas de moi. Il se contente de me fixer.

Il me fait l'effet d'un prédateur qui flaire la peur de sa proie avant de la mettre à mort.

Il prend son pied ce con.

Il n'a pas digéré que je l'empêche d'abuser de Faustine. Que je m'oppose à lui. Il prépare quelque chose, j'en mettrais ma main au feu. Mais je ne sais pas quoi. Et je ne sais pas quand ça va tomber.

Faustine entre dans le réfectoire. Elle marche sur la pointe des pieds comme pour éviter quelqu'un.

J'avais raison.

Quand elle croise mon regard, elle panique quelques secondes. Il n'y a pas de colère ou de peur dans ses yeux. Elle semble juste perdue. Comme si elle ne savait pas quoi dire. Pas quoi faire. Pas comment réagir.

Et puis son regard s'adoucit. Elle semble s'excuser des yeux jusqu'à ce qu'elle voie Tim. Là, ses pupilles se transforment en mitraillettes. Elle pose son plateau avec fracas sur une table et fonce droit sur nous.

Je vois la catastrophe arriver avant qu'elle ait ouvert la bouche. Je l'intercepte et je l'emmène un peu plus loin. Mais elle se débat.

— Laisse-moi le balancer à tout le bahut !

Je lui prends le bras et j'essaie de la ramener vers son plateau mais elle résiste.

— Pas ici. Pas comme ça.

Je l'implore des yeux. J'ai peur pour elle. Ce type est une ordure. Je voudrais éviter à Faustine de souffrir encore plus à cause de lui.

Elle doit le voir dans mon regard. Elle sent ma main trembler. Je ne joue pas avec elle. J'ai aussi peur pour elle que pour moi d'ailleurs. Elle comprend et recule lentement. Je m'apprête à l'accompagner à la table pour que ça ait l'air plus naturel. Mais à ce moment-là…

— Faustine, tu viens avec nous ?

Quand je me retourne, Tim lui sourit.

Le corps de Faustine est tendu tout à coup. Je peux sentir les muscles de son bras se figer instantanément. Je sais tout de suite que Tim va avoir ce qu'il veut. Ce type est plus sournois que je l'imaginais.

En moins de dix secondes, Faustine fond sur lui. Je la suis mais pas suffisamment vite. Dès qu'elle ouvre la bouche, je sais qu'elle est fichue.

— T'es qu'un sale type !

Faustine le pousse de rage. Tim feint la douleur, toujours avec son petit sourire en coin. En voyant la scène, Loïc et Jimmy arrivent vers moi en renfort.

— Tu saoules les filles et tu profites d'elles pendant les soirées !

Elle le pousse à nouveau mais cette fois, Tim ne sourit plus. Son regard est mauvais. Tout le lycée arrête de manger et approche doucement de la dispute.

Tim saisit les mains de Faustine. Elle grimace, il lui fait mal. Ça lui rappelle forcément la façon dont il la maintenait plaquée sur son lit l'autre soir.

Alors que j'allais intervenir, Tim la repousse.

— Tu m'accuses, toi ?

L'écume à la bouche, Faustine plonge tête baissée dans son piège.

— T'as voulu me forcer à coucher avec toi ! À la soirée ! Dans ma chambre !

Tim a l'air déterminé.

— J'ai jamais eu besoin de forcer une fille pour ça.

La bande fait bloc derrière lui. On les sent tous soudés. Même Malik, qui a pourtant l'air perplexe devant les déclarations de Faustine.

Gaëlle, l'autre pionne qui surveille la cantine, approche. Bilal, toujours avec Louis, lui fait signe d'attendre.

Tim roule des mécaniques.

— C'est pas moi la mytho ici ! C'est plutôt celle qui baratine tout le monde en prétendant que son père est un super militaire toujours parti aux quatre coins du monde !

Les murmures de la foule agglutinée tout autour d'eux gonflent de plus en plus.

Faustine est déstabilisée. Elle ne bouge plus. Elle ne dit plus un mot. Elle est comme gelée. Tim l'accuse ouvertement de mentir sur son père.

Mais qu'est-ce qu'il raconte ?

— On sait très bien tous les deux que ton père est un ivrogne qui battait ta mère ! Pourquoi je voudrais d'une meuf comme toi alors que même ton taré de paternel t'a jetée ? Non mais tu t'es vue ?

Faustine encaisse comme elle peut. Elle se retourne.

La foule parle fort autour d'elle. Certains semblent compatir. D'autres se moquent d'elle et applaudissent Timothée.

Une fille dans l'assemblée reste sceptique face aux accusations qu'il vient de lancer.

— Et comment tu sais ça ?

Il se marre, prend son téléphone portable et passe un enregistrement.

On entend clairement la voix nasillarde de Faustine.

Elle est saoule.

Cet enfoiré l'a enregistrée à la soirée quand il la faisait boire.

Au bout de quelques secondes, Faustine balance toute l'histoire à Tim. Ses mensonges sur son père. Sa mère qui s'en est rendu compte il y a peu de temps. Et tout ce que Faustine a dû accepter d'entendre sur cette ordure qui lui sert de père.

Pas si étonnant qu'elle se soit pendue au cou de cet enfoiré de Tim toute la soirée. On est attiré par ce qu'on connaît j'imagine. À l'anniversaire de Mélodie, la pire ordure, c'était Tim.

Faustine a la mine défaite. Au fur et à mesure de l'enregistrement, elle s'est voûtée.

Je voudrais la prendre dans mes bras et la consoler. Je voudrais lui dire comme je comprends sa souffrance. Comme j'ai mal pour elle. Mais ce n'est ni le moment ni l'endroit.

Je sens des regards compatissants posés sur elle. Mais j'entends aussi le fiel des hyènes qui se jettent sur son malheur pour en faire le bouc émissaire du lycée cette semaine. Pour se nourrir de sa détresse et s'acharner sur elle. Comme on s'est acharné sur moi l'année dernière.

Je refuse que ça lui arrive. Au moment où je lève les yeux pour la regarder bien en face, Tim lui tire le portrait avec son smartphone.

— C'est pour ma collection de monstres…

Faustine se jette aussitôt sur lui.

Malik a de bons réflexes et se place devant lui. J'ai juste le temps de ceinturer Faustine et de reculer avec elle pour éviter l'impact. Loïc et Jimmy s'interposent. Juste au cas où Tim veuille riposter. Les pions arrivent enfin pour nous calmer et disperser la foule.

Faustine est déchaînée et se débat comme une lionne. Si elle avait des griffes, elle m'aurait déjà mis en pièces. À ce moment-là, les hyènes du réfectoire murmurent. « Elle est complètement folle », « faut la faire enfermer cette cinglée », « sa réputation est foutue jusqu'à la terminale »...

J'entends aussi vaguement les pions menacer Tim et Faustine de trois heures de colle s'ils ne se calment pas. Gaëlle demande à Tim de lui donner son smartphone. Il feint de ne pas le trouver.

Je me mets dans une bulle. Je ne veux pas les entendre. J'ai juste envie que Faustine lâche prise. Qu'elle arrête de se faire du mal pour rien. Alors je lui murmure à l'oreille, pour l'apaiser, comme l'a fait Sacha, quand je n'en pouvais plus :

— Laisse-le dire... Laisse-le fanfaronner... Il le paiera... Fais-moi confiance, il ne s'en sortira pas comme ça...

Sa colère l'a complètement submergée. Je ne sais pas si elle m'entend. Pourtant, au fur et à mesure,

Faustine se détend entre mes bras. Les larmes coulent sur ses joues. Elle a l'air ailleurs.

J'échange un signe de tête avec Malik. On a évité le pire. Mais le mal est fait. Faustine est debout comme un zombie.

Je ramasse mon sac et le sien. Juste au moment où je m'apprête à la faire sortir, les meneuses des hyènes se dévoilent enfin. Amandine et Sofia. Cette dernière prend d'ailleurs fièrement la main de Tim.

Ils ressortent ensemble ? Depuis quand ?

Sofia prend la parole :

— Faustine la mytho fait la paire avec sa copine la nympho…

Encore des accusations… Je cherche Mélodie du regard. Elle est au fond de la cantine et se cache derrière son pull trop large.

— … si vous cherchez une fille facile, les mecs, allez voir Mélodie…

Elle change de couleur. Elle a l'air vraiment mal. J'ai envie d'aller vers elle, de la soutenir, mais Faustine ne peut pas rester seule.

Je ne sais pas quoi faire.

— … elle s'est tapée trois mecs à sa soirée d'anniversaire. Je suis sûre qu'elle vous accueillera les cuisses ouvertes cette traînée !

Ça ressemble à un règlement de comptes. Sofia en veut à Mélodie d'avoir couché avec Tim. Ça saute aux yeux. Elle s'acharne sur elle et c'est difficile à supporter. Ses mensonges sont trop énormes pour qu'on la croie. Mais tout le monde se retourne vers Mélodie et murmure.

Là, je percute : toutes les messes basses sur mon passage ne m'étaient pas destinées. Chaque fois, Mélodie était juste à côté de moi.

Elle savait que tout le monde était au courant.

Elle savait que ça allait sortir.

Et c'est pour ça qu'elle rasait les murs.

Gaëlle prend le carnet de Sofia pour la coller. Mais elle a l'air de s'en moquer éperdument. Elle a dit ce qu'elle voulait. La rumeur fera le reste.

D'un seul coup, Faustine a un sursaut de colère. Elle m'arrache son sac à dos des mains et part en courant. Loïc et Jimmy la suivent. Mélodie part elle aussi en courant mais seule, dans l'autre direction.

Je reste quelques instants sans bouger. Je ne sais pas laquelle suivre. Laquelle consoler. Laquelle a besoin de moi.

Les deux ? Aucune ?

Je suis perdu. Je dois faire quelque chose mais quoi ?

Je me retourne vers Malik. Il s'embrouille avec Sofia.

Ce coup d'éclat ne lui a pas plu et il s'énerve. C'est la première fois que je l'entends monter le ton. Mélodie est comme une petite sœur pour lui. Il essaie de la protéger.

Je sais alors ce qu'il me reste à faire. Retrouver les filles et tout faire pour les protéger aussi.

Je suis sur le point de partir mais je le sens sur moi. Un regard froid, mauvais et dangereux : le regard de Tim.

Il me fait un signe que je comprends tout de suite. C'est sans équivoque.

T'es mort.

Les dés sont jetés.

Maintenant qu'il a réglé ses comptes avec Faustine, je suis le prochain.

Mélodie – L'épicentre du séisme

Je ne sais plus comment je suis rentrée du bahut.
Ni quand.
Quel jour on est ?
Je suis obligée de me lever ?
Est-ce que j'ai cours demain ?
Je sais plus.
Je m'en fous.

Je vais juste rester là.
Sous la couette.
Perchée sur le lit superposé.
Dans le silence.
NON ! Pas le silence.
Sinon je vais m'entendre réfléchir.
Et je ne veux pas.

Je préfère quand Lucien joue à la console. Quand il y a du bruit. Des éclats de voix. Quand il est là et que je peux l'entendre ronfler. Tout plutôt que de penser ou dormir.

Le sommeil, c'est impossible. Quand je ferme les yeux, que je sombre, je l'entends respirer dans le creux de mon oreille. Je sens son haleine.

Téquila et cigarette.

Chaque fois j'en tremble. J'ai envie de vomir.

Je voudrais mourir.

Ne pas dormir…

Ne pas dormir…

Ne pas… ne pas dormir…

AAAAHHHH !!!!

Je me réveille en sursaut.

J'ai hurlé, non ?

Lucien allume la lumière. Il me parle doucement. Les traits de son visage sont tirés. Il me demande ce qui se passe. Je ne peux pas lui répondre.

Qu'est-ce que je pourrais lui dire ?

Que j'ai mal.

Je me dégoûte.

Je voudrais passer sous un train.

J'ai envie de ne plus être moi.

De ne plus être dans mon corps. De disparaître. Ce serait plus simple pour tout le monde.

Comment j'avoue à mon grand frère que j'ai envie d'en finir ?

Je transpire. J'ai des larmes plein les yeux. Plein la gorge. Même si je le voulais, je ne peux pas aligner un mot. Ça fait trop mal.

Mes parents débarquent dans la chambre. Je crois que j'ai même réveillé mamie Odette. C'est comme ça toutes les nuits depuis des jours.

J'ai perdu la notion du temps. J'ai l'impression qu'il s'est arrêté. Je n'en peux plus d'ailleurs de supporter des journées qui n'en finissent pas.

Mon père essaie de m'approcher mais je recule. Je ne veux pas qu'on me touche. Je ne veux pas qu'on pose une main compatissante sur mon épaule. Je veux juste qu'on me laisse tranquille.

Ma mère s'inquiète. Elle est aussi sur le point de pleurer. Elle me supplie de lui dire ce qui ne va pas. Je n'ai pas les mots.

Je ne veux plus y penser. Je ne veux plus sentir cette odeur de téquila et de cigarette qui ne me quitte plus depuis. Je ne veux plus le voir.

Jamais.

Il y a trop de monde dans cette chambre minuscule.

Je suffoque. Je me précipite dans la salle de bains et j'ouvre la fenêtre en grand. Je sens la panique monter quand ma mère met une mèche de mes cheveux toute collante derrière mon oreille. Je sursaute même.

Elle lit quelque chose dans mes yeux et recule lentement. Est-ce qu'elle y voit ma peur ? Mon angoisse ? Est-ce qu'elle peut sentir l'adrénaline affluer si vite dans mes veines ?

Maman ne me brusque pas. Elle me parle doucement. Comme si j'avais encore cinq ans. Sa voix est apaisante. D'autant plus qu'elle reste éloignée de moi. Elle me fait couler un bain. Quand je pose les yeux sur la radio, je peux lire qu'il est deux heures du matin. Quelle mère fait couler un bain à sa fille à moitié folle à une heure aussi tardive de la nuit ?

Les larmes coulent sur mes joues. J'ai toujours pris ma mère pour une pauvre femme. Pas très maligne. Une ratée. Sans ambition. Je reste muette face à toutes ses questions et elle s'occupe de moi quand même.

Comment j'ai pu la juger comme ça ?

Lorsque l'eau chaude est montée suffisamment haut dans la baignoire, ma mère sort. Elle laisse la porte entrouverte. Juste au cas où j'aurais besoin d'elle. Elle croit que je pourrais me faire du mal.

Est-ce que je serais capable de passer à l'acte ? Peut-être.

Je ne veux plus penser.

Je me déshabille. Là, je fixe mes poignets.

Mes bras.

Ma gorge.

Mes hanches.

Ces endroits où il y a quelques jours encore je portais des ecchymoses. J'ai des frissons. Je sens encore ses mains sur moi pour m'empêcher de bouger. J'ai mal.

Je plonge dans l'eau chaude et je commence à me frotter le corps avec le savon. Je frotte tellement fort que ma peau devient toute rouge. Je me sens sale. Laide. Répugnante.

Je prends un gant de toilette et je frotte encore plus fort. Même quand ma peau brûle, je frotte encore.

Je mérite tout ce qui m'arrive.

Tout.

Parce que je suis un être abject et que tout le monde le sait au lycée. Je ne peux plus me cacher. C'est terminé. Les sanglots montent sans que je puisse les retenir. Ma gorge est serrée. Je suffoque. Je tremble de la tête aux pieds.

Je ne veux plus être ici et maintenant.

Je ne veux plus être tout court.

Je ne veux plus.

Jamais.

Ma mère entre dans la salle de bains. Elle m'oblige à me lever et m'enveloppe dans une serviette. Elle me tient juste la main et me laisse le temps de me calmer.

Elle m'habille. Elle me coiffe. Elle me donne un médicament en me disant que c'est pour mon bien. Que ça va me détendre.

Puis elle me couche dans son lit, laisse la lumière allumée et reste à côté de moi jusqu'à ce que je sombre dans un sommeil sans rêves.

*

Le lendemain, mon père prend les choses en main. Pas de lycée pour moi. Je reste à la maison avec ma mère et mamie Odette. Il appelle le médecin et lui demande de passer à domicile. J'ai l'impression d'être une vieille personne.

Ma mère me prépare mon petit déjeuner. Mon père interdit à Lucien de parler trop fort ou de m'énerver. Mamie Odette me donne la télécommande de la télévision pour que je regarde ce que je veux. Lucien me prête son sweat-shirt Star Wars. Son préféré.

J'entends des morceaux de phrase : « on doit la ménager », « chez Faustine », « tu sais quelque chose ? »,

« nerfs fragiles », « qu'est-ce qui s'est passé… ? », « soirée d'anniversaire »…

On parle à voix basse derrière mon dos. On ne me demande plus rien jusqu'à l'arrivée du médecin. Je me pelotonne dans le canapé devant une série que je ne regarde pas. J'attends. Mon père est toujours là. Il a dit à son patron que j'étais malade et qu'il arriverait après avoir discuté avec le médecin. C'est la première fois qu'il fait ça.

Peut-être que lui non plus n'en a pas rien à foutre de moi.

Le docteur Baumann arrive en fin de matinée. Elle me connaît depuis toujours. Elle sent tout de suite que je ne suis pas comme d'habitude.

Est-ce que tout le monde dans cette maison peut lire en moi comme dans un livre ouvert ?

J'espère que non. Sinon, ils savent qui je suis vraiment.

Un monstre qui a été remis à sa place de merde.

Le docteur Baumann me pose des questions auxquelles je ne réponds pas toujours. À la place, je hausse les épaules. Je lui dis juste que je n'ai envie de rien. Que tout m'insupporte. Elle parle rapidement d'état dépressif. Elle me fait un arrêt maladie de deux semaines et me prescrit des médicaments. Pour m'aider à dormir et à me détendre.

Elle parle à mes parents d'aller voir un psy. Mon père est un peu sceptique. Ma mère dit qu'elle veut bien tout essayer.

Je repars me coucher dans le canapé. Mamie Odette me tend la télécommande. Je n'en veux pas. À la place, je regarde toutes les émissions de l'après-midi avec elle. Ça m'évite de réfléchir. Ça meuble les silences gênants quand mes parents essaient de me parler. Ça me berce.

Je ne suis pas vraiment ce qu'il se passe. Je ne sais pas à quoi riment tous ces jeux. Et je m'en fous. Je veux juste qu'on me fiche la paix. À côté de mamie Odette, c'est l'endroit parfait : le volume de la télé est tellement élevé qu'on n'entend pas les gens qui parlent.

*

Les jours passent.

Je ne réfléchis plus avec les médicaments. J'ai l'impression d'avoir la tête dans du coton.

Je suis là physiquement. Mais ma tête a l'air d'avoir pris des vacances.

Je n'allume plus mon téléphone portable depuis cette nuit où tout le monde s'est inquiété. Je veux juste qu'on me laisse tranquille.

Une routine s'installe. Très mécanique. Je me lève. Je mange. Je me recroqueville dans le canapé. Je dors dans la chambre de mes parents avec ma mère. Mon père campe sur les lits superposés avec Lucien. Tout le monde s'agite autour de moi pour me rendre la tâche plus facile.

Je garde les yeux fixés sur l'écran plat toute la journée. Je me cale sur les programmes préférés de mamie Odette. Les publicités changent : on ne vante plus les mérites des produits d'entretien. À la place, un tas d'images de jouets, plus dingues les uns que les autres, prennent d'assaut la télévision, à toute heure de la journée. Ça sent les fêtes de fin d'année…

*

Les deux semaines passent vite. Comme je suis toujours mutique, en mode zombie, mon père décide de rappeler le docteur Baumann pour prolonger mon arrêt maladie pour le lycée. C'est lui qui décide. C'est beaucoup plus simple comme ça.

Ma mère évoque une nouvelle fois le psy. Mon père tique encore mais semble beaucoup plus favorable qu'avant. Ça ne me fait même pas réagir.

J'agis comme un robot.

J'ai l'air lobotomisée.

C'est beaucoup mieux que d'être moi.

Ça, j'en suis persuadée.

Sur mon nuage de coton, je réalise au moins une chose. Le plus important dans la vie, c'est la famille. Les personnes sur qui on peut compter. Toujours. Pas la popularité. Ni les gosses de riches pourris gâtés qui se croient tout permis. Ni même l'argent ou la position sociale. J'avais tout faux. C'est moi l'idiote. La fille pas maligne. La ratée. Pas ma mère.

Si j'avais su…

Quand Lucien rentre des cours en fin d'après-midi, il me demande souvent de l'aider. Il doit construire des maquettes d'aéronefs dans le cadre d'un projet pour son BTS. Il n'a pas besoin de moi, mais il joue son rôle de grand frère à sa façon. Il veut former à nouveau notre équipe de construction : celle de notre période Lego, il y a dix ans. Je n'ai envie de rien de manière générale, mais j'accepte pour lui faire plaisir. Il construit et je peins. Je fais un effort, je me concentre et j'essaie chaque fois d'être minutieuse, pour lui. Pendant ces moments, Lucien me parle d'avions, de drones, de navettes spatiales. Il rêve de devenir ingénieur en aéronautique et aérospatial. Lui qui n'est pas bavard d'habitude, fait la conversation pour deux. J'écoute souvent d'une oreille distraite. Mais ses histoires me bercent et me font découvrir une part de lui qu'il garde secrète d'habitude.

Souvent le soir, avant d'aller me coucher, mon père essaie de discuter avec moi. Je n'ai rien à dire. Alors il finit par sortir sa collection complète de vinyles.

Il me fait découvrir ses chanteurs et groupes préférés. Il passe beaucoup d'albums anglais : les Beatles, les Rolling Stones, les Pink Floyd… et puis un soir, il me fait une surprise.

Je découvre les premières notes de l'*Histoire de Melody Nelson*, de Serge Gainsbourg. Il m'avoue que c'est lui qui a choisi mon prénom. Parce qu'il a toujours été fan de Gainsbourg. Que Lucien s'appelle comme ça aussi en hommage à lui : parce que le vrai nom du type, c'est Lucien Ginsburg. Même si je suis dans le brouillard, ça me fait un choc. Mon père n'est pas un vieux con. Il connaît la musique, la vraie. Il a même choisi mon prénom. Il n'en a pas rien à foutre de moi.

Je me mets à pleurer. Mais ce ne sont pas des larmes froides pleines d'angoisse comme d'habitude. Ce sont des larmes de joie. Parce qu'à sa façon à lui, il tient à moi.

Il sait que je ne veux pas qu'on m'approche en ce moment. Alors il me tapote maladroitement la main quelques secondes.

Et puis on écoute la fin de l'album ensemble, devant un chocolat chaud préparé par ma mère.

*

Le dimanche suivant arrive.

Lucien part au cinéma avec son meilleur ami. Mes parents se sont engagés à tenir un stand de spécialités au marché de Noël de la ville. Ma mère a préparé des tartes au sucre et des coquilles, ces brioches en forme de nuage, qu'on déguste durant les fêtes de fin d'année. Ils hésitent à partir. Ma mère culpabilise. Mamie Odette leur dit qu'elle va veiller sur moi. Ma mère a le cœur lourd mais mon père a besoin de se changer les idées. Alors ils s'en vont.

Mamie Odette commence les réjouissances de l'après-midi par son chouchou, Stéphane Plaza. C'est facile à regarder. Je me cale en boule au fond du canapé. Je vais me laisser porter par les visites d'appartements sans prise de tête. Ça me va.

Mais d'un seul coup, mamie Odette coupe le son. Ça fait un vide dans la pièce. Elle remonte son appareil auditif.

Je savais bien qu'elle faisait exprès de monter le volume pour embêter mon père.

— Tu sais, Mélodie, je ne dis pas grand-chose mais j'observe beaucoup…

Je ne me souviens pas avoir eu une conversation avec elle depuis la mort de papy.

Qu'est-ce qu'elle me veut ?

— … j'ai l'air d'une grand-mère complètement gâteuse, mais je ne le suis pas. Je sais ce qui se passe. Tes parents s'en doutent aussi, même s'ils ne veulent pas encore l'admettre.

Mon corps se tend d'un seul coup.

Est-ce qu'elle sait vraiment ?

— J'ai fait mai 68 et j'ai brûlé mon soutien-gorge comme les autres féministes.

Cette dernière remarque me tire un sourire crispé.

— J'ai lutté pour le droit des femmes. Et je sais qu'encore aujourd'hui, ce que nous avons gagné à la sueur de notre front est toujours menacé. Parce que certains se croient tout permis…

Elle a les yeux brillants de souvenirs difficiles.

Ma gorge se serre alors qu'elle poursuit :

— … parce qu'ils pensent avoir tous les droits sur nous, les femmes. Parce que nous sommes quantité négligeable pour beaucoup.

Mamie Odette se lève difficilement et vient me rejoindre en s'appuyant sur sa canne.

J'ai le cœur qui bat vite. Ça n'était pas arrivé depuis des jours. Mes yeux s'embuent alors qu'elle s'assoit à côté de moi.

— Alors promets-moi que tu ne vas pas te laisser faire. Tu vas te reprendre et tu ne dépendras jamais d'un homme. Encore moins s'il te maltraite. Tu n'as rien fait de mal. Tu n'as rien provoqué. Tu m'entends ?

Elle saisit ma main de la sienne, tremblante. Elle plante son regard noir et implacable dans le mien. Elle sait ce qui s'est passé. Elle le devine.

Est-ce qu'elle a vécu la même chose un jour ?

Je tremble et elle serre ma main de toutes ses forces.

— Relève-toi, Mélodie. N'abandonne pas. Jamais. Tu dois te défendre. Promets-le-moi.

J'hésite. Je ne sais pas si j'en suis capable. Si j'en ai envie. C'est difficile. Tellement difficile.

Mais le discours de mamie Odette, son aplomb et sa conviction sont contagieux.

J'ai envie d'y croire.

J'ai envie que ce cauchemar s'arrête.

J'ai envie de lui faire payer. À lui.

Alors je promets à mamie Odette de me battre et de gagner. Je vais affronter cette tempête et repartir au lycée.

Elle me serre dans ses bras.

*

Un peu plus tard, alors que mes parents sont rentrés, j'allume mon téléphone portable. J'ai des dizaines de messages de Fred et Malik. J'ai l'impression que mes parents ont fait barrage pendant des jours sur la ligne fixe aussi.

Faustine n'a pas essayé de me joindre. Ça me rend triste.

Je prends mon courage à deux mains et je l'appelle. Elle ne décroche pas. C'est mauvais signe.

Est-ce qu'elle est au courant ?

J'appelle Fred mais je tombe sur le répondeur là aussi.

Je lui laisse un message.

— Salut, c'est Mélodie. Est-ce que tu peux m'aider pour les devoirs ? Je reviens au bahut en janvier.

Faustine – La rosée du matin

Je me suis levée très tôt ce matin. Il faisait encore nuit. Je n'arrivais plus à dormir.

Les vacances de Noël ne sont plus comme avant sans Mélodie. Je n'ai pas envie d'aller à la patinoire, comme on le faisait toutes les deux chaque année. Et je ne me sens pas capable de lui parler non plus. Je suis toujours très en colère. Je suis certaine de dire des choses impardonnables si je la vois. Je ne suis pas prête à m'expliquer avec elle.

Cette première semaine de vacances est triste. Il n'y a pas un seul flocon de neige. À la place, ce matin, j'ai aperçu de la rosée sur le buis du jardin. Et même si je trouve ça très beau, ça n'a pas réussi à me détendre. J'ai toujours cette boule dans le ventre.

Fred m'a donné rendez-vous au skatepark. Mais je

n'ose pas me montrer. Il file sur sa planche. Je l'observe de loin.

On doit parler. Depuis des semaines. Mais on préfère éviter le sujet. À la place, on a vu des dizaines de films ensemble. On a même fait des marathons séries les week-ends où ma mère travaillait. Mais toujours en compagnie de Loïc et Jimmy. C'est plus *safe* comme ça. Ces mecs, on dirait un vieux couple : toujours à s'engueuler, à se chercher et à se marrer ensemble. Ils nous détendent, nous font rire et mettent l'ambiance. Ça fait beaucoup de bien. Ils prennent tellement de place, on était sûrs de ne pas avoir le temps de se parler avec Fred. Pourtant, on se rapproche de plus en plus.

Est-ce qu'il me plaît ?

Si je suis tout à fait honnête, je suis perdue. Je n'ose plus m'approcher de lui. Me rapprocher physiquement de lui. Parce que la dernière fois, j'ai découvert son secret.

Aussi parce que j'ai fini par me souvenir clairement du poids de Timothée sur moi. De son manège pour me saouler et faire de moi ce qu'il voulait. De tout dans les moindres détails.

Je sais que Fred n'est pas comme ça. Il me le prouve en gardant ses distances avec moi alors qu'on traîne ensemble la plupart du temps. Mais c'est plus fort que moi. Quand on s'endort dans le canapé en regardant des séries, je sursaute quand son bras frôle le mien. Ça lui brise le cœur chaque fois. Fred interprète ça comme un rejet. Il se trompe. C'est vrai que je ne sais pas comment réagir face à son secret. Il devrait comprendre.

J'ai éteint mon portable. Je ne veux pas qu'on nous dérange. Parce que même si je gagne un peu de temps avant de rejoindre Fred, je sais que la vraie conversation est pour aujourd'hui. Il lui a fallu du temps mais il est prêt.

Est-ce que je suis prête moi aussi à tout entendre ? Est-ce que ça va changer quelque chose s'il le dit à voix haute ?

Alors que Fred est en haut de la rampe de skate, prêt à repartir pour faire quelques figures, il m'aperçoit.

Ça y est. C'est maintenant.

Il me fait signe et je sors de ma cachette.

Face à lui, je suis plutôt timide. Je rougis. Ma gorge se serre. J'ai l'air d'une gourde. Je n'ose toujours pas affronter son regard. Ça doit être ça quand quelqu'un vous plaît vraiment. Je ne perds pas mes moyens face à lui comme avant. Devant Timothée, je veux dire.

Je réussis très bien à parler à Fred. À échanger sur un tas de sujets d'ailleurs. Mais quand on se retrouve parfois tous les deux, quand on partage un moment d'intimité, quand je surprends un regard plein d'interrogations, plein de « qu'est-ce qu'on doit faire ? Est-ce que je peux te faire confiance ? », il me fait complètement fondre. J'ai les mains moites, l'estomac à l'envers et le cœur dans la bouche.

J'ai mis une jupe. C'est ridicule. Je sais. Je porte tout le temps des salopettes et des jeans. En plus, il fait froid. La jupe semblait une bonne idée avant de venir. Mais maintenant, je tire dessus comme si je pouvais la transformer en pantalon comme par magie.

À cet instant précis, je suis plus gênée que jamais face à Fred. J'ai des papillons dans l'estomac. Je ne sais pas quoi dire mais j'ai envie qu'on se parle vraiment. Je n'y comprends pas grand-chose.

Mais c'est comme ça pour tout le monde, non ?

Fred est un peu maladroit aussi. Il enlève son casque et veut faire sauter sa planche mais a du mal à la rattraper. D'habitude, il réussit à tous les coups. Ça me rassure. On a l'air dans le même état.

Je pouffe de rire et il rougit à son tour. Ça le détend un peu quand même. On éclate de rire avant de s'asseoir côte à côte sur le banc.

Fred est stressé. Je peux le sentir. Alors je décide de parler en premier. Mais il aperçoit Malik passer au loin sur sa planche.

Depuis le déballage public de Timothée et Sofia, l'ambiance est tendue dans leur bande. Malik s'est disputé avec tout le monde.

Ils sont amis d'enfance avec Tim. Mais Malik dit qu'il ne le reconnaît plus. Qu'il a changé. Il préfère rester seul que mal accompagné.

Je le comprends. Je ressens la même chose vis-à-vis de Mélodie. Même si je ne suis plus aussi en colère qu'avant. Peut-être parce qu'il y a quelque chose entre Fred et moi. Peut-être aussi parce que je sais aujourd'hui que Timothée est une ordure. Peut-être davantage encore parce que Mélodie ne vient plus au lycée depuis des semaines. Elle est injoignable. Tout le monde s'inquiète.

Moi la première, j'avoue. Qu'est-ce qu'il lui arrive ?

La seule à avoir des nouvelles, c'est la mère de Malik, Mme Sidi. D'après elle, Mélodie serait surmenée. Elle ne sort plus de chez elle. Je devrais avoir le courage d'aller sonner à sa porte. Mais je n'y arrive pas. Et plus les jours passent, plus c'est difficile de franchir le pas. Après tout, elle m'a trahie. Peu importe avec qui ou comment. C'est la trahison qui fait le plus mal. Je ne peux pas l'oublier.

Une fois Malik parti, Fred se triture les mains. Il est nerveux. Je peux presque apercevoir toutes les pensées qui se bousculent dans sa tête.

Je prends une grande inspiration et je me lance :

— On n'en a pas parlé depuis que Tim a tout balancé au lycée, mais c'est vrai. Je me suis raconté des histoires sur mon père pendant longtemps. Et j'ai raconté ces histoires aux autres pour les rendre plus vraies. Je pensais que ça me rendrait la vie plus facile mais je me suis plantée.

Fred m'écoute. Il est attentif au moindre mot.

— Je sais maintenant que, même si c'est dur, la vérité vaut mieux que tous les mensonges… tous les secrets…

J'ose le regarder droit dans les yeux.

Est-ce qu'il voit qu'on est pareils ? Est-ce qu'il va saisir la perche que je lui tends ?

J'ai envie de lui crier de me faire confiance. Mais je préfère me taire. S'il ne le sait pas encore, c'est qu'il n'a rien compris.

Sur le moment, il se met à admirer ses Vans. Il a au moins arrêté de se triturer les doigts. Et puis…

— Je suis un garçon… j'ai toujours été un garçon.

Il relève la tête et cherche un indice dans mes yeux.

Je ne cille pas. Je ne doute pas de ce qu'il affirme. Il est le seul à savoir qui il est. Je n'ose pas dire quoi que ce soit. J'ai peur de dire des bêtises et de le braquer. Alors je l'encourage du regard.

— Tu me plais, Faustine. Vraiment.

Je suis certaine d'avoir les joues toutes rouges. Je ne peux pas réprimer le petit sourire qui s'épanouit sur mes lèvres. J'ai envie de lui dire que ça me suffit comme explication.

Mais non. Si on doit se faire confiance, on doit pouvoir tout se dire.

Je lui prends doucement la main. Je noue mes doigts glacés autour des siens. Il esquisse un sourire qui s'évanouit très vite.

Il me lâche et se lève.

Il fait les cent pas et me raconte son histoire…

Fred - Éclipse

Je n'ai jamais eu à faire quelque chose d'aussi difficile.

Je tremble mais je dois le faire.

Sinon les choses seront toujours les mêmes. Sinon je suis toujours la victime de cette grosse brute du collège. Sinon je ne pourrai jamais savoir si Faustine est capable de m'accepter vraiment comme je suis.

Peut-être pas pour sortir avec moi. De ce côté-là, je ne me fais aucune illusion. Je ne veux pas de sa pitié. Surtout pas ! Mais peut-être qu'on pourrait être amis. De véritables amis qui partagent tout.

Je me lance :

— Mon vrai prénom, c'est Frédérique. Ça se termine par « -QUE » parce que je suis un garçon né dans un corps de fille. Les médecins donnent un nom barbare à ça. Ils l'appellent la dysphorie de genre. Comme si j'avais une grave maladie. À chacun sa façon de voir le monde. Jusqu'à l'année dernière, j'étais obligé de m'habiller comme une fille, de garder les cheveux longs, de penser qu'on parlait de moi quand on disait « elle »… mes parents ne veulent rien entendre. Enfin, mon père préfère se dire que sa fille est morte plutôt que d'accepter qu'il a un deuxième fils. À cause de lui, ça a failli très mal finir pour moi l'année dernière…

Quand je me rappelle ce qui s'est passé, j'en ai des frissons.

Je suis tendu.

Je sens la sueur couler dans mon dos et perler sur mon front.

Si ma mère me voyait, elle dirait que j'ai de la fièvre. Que j'ai probablement dû prendre froid.

C'est fou comme elle ne veut jamais voir les choses comme elles sont vraiment. Parce qu'en réalité, ce sont eux qui me rendent malade : mes parents. C'est leur faute tout ça. Ils ont compliqué les choses alors qu'il aurait été tellement plus simple d'entendre ma détresse au lieu de me forcer à aller au collège tous les matins, en m'obligeant à me taire. Je ne demandais pas qu'ils comprennent vraiment ce que je vivais. Je ne m'attends pas à ce que des personnes aussi fermées acceptent que, malgré les apparences, je suis un garçon.

J'aurais juste voulu qu'ils voient comme j'allais mal et qu'ils réagissent en parents aimants. Et pas en faisant la sourde oreille.

— … j'ai toujours su que j'étais un garçon. Tout petit déjà, je prenais les vêtements de mon frère. C'est le seul à m'avoir toujours traité comme son petit frère. Quand il est parti à la fac il y a deux ans, c'est devenu l'enfer à la maison. Sacha n'était plus là pour faire le tampon avec mon père. C'est à ce moment-là que mon paternel m'a obligé à me laisser pousser les cheveux. À m'habiller au rayon femme. À me comporter comme une fille. Ma mère a laissé faire. Elle a regardé ailleurs… Ce qu'il faisait ne lui plaisait pas mais elle n'a pas voulu s'en mêler. Elle a préféré abandonner avant même d'essayer de se battre pour moi.

Rien qu'en pensant à eux, j'ai envie de vomir. Mon père est borné. Ma mère est une autruche. Ils font la paire. Je ne sais pas ce qui est le pire. Refuser de respecter son enfant en lui imposant une vie qui le tue à petit feu. Ou rester sourde à sa détresse pendant que son mari le maltraite psychologiquement. Pendant qu'il le détruit.

— Quand mon frère est revenu la première fois pour les grandes vacances, ça l'a choqué. Il a essayé de raisonner mon père, de parler à ma mère. Mais notre paternel n'a rien voulu savoir. Il a continué de m'appeler sa petite princesse. À dire que je devenais une belle jeune fille…

Comment quelqu'un peut être aussi cruel ?

Parfois, je me dis qu'il faudrait avoir un diplôme spécial pour être parent. Histoire de limiter la casse et que certains enfants ne soient pas complètement bousillés avant leur majorité.

— … quand j'y repense, ça me met en colère. J'avais essayé de lui expliquer pendant des années qui j'étais vraiment. J'avais même monté un dossier avec des articles trouvés sur Internet. Il ne l'a même pas ouvert. Je l'ai retrouvé un soir en train de brûler dans la cheminée. Et puis, en arrivant au collège, quand j'ai vu mon corps commencer à changer, j'ai supplié mon père de m'emmener voir un spécialiste, pour avoir un traitement qui bloquerait ma puberté. Il n'a jamais rien voulu savoir. Il a toujours crié plus fort pour ne pas entendre mes supplications… mes pleurs… ma douleur de devoir supporter ce corps qui devenait celui d'une femme.

J'espère que Faustine comprend que je parle pour moi. Pas pour elle. Elle est parfaite, elle. Elle est juste à sa place dans son corps de fille.

Pas moi.

— Quand Sacha est reparti à la fac pour sa deuxième année, je lui ai assuré que j'allais bien. Alors que je n'en pouvais plus. J'étais en mode zombie. Même me lever le matin, c'était une épreuve. Et puis, un jour, j'ai décidé de jouer la comédie à la maison, mais d'être moi-même à l'extérieur. Parce que sinon, je le savais, j'allais finir par faire quelque chose de vraiment très grave. J'aurais pu me faire du mal… j'aurais pu faire du mal à mon père aussi.

C'est vrai. J'ai eu des idées noires. J'ai pensé à en finir. Plus d'une fois. J'aurais pu faire n'importe quoi pour arrêter de souffrir. N'importe quoi. Même m'en prendre physiquement à mon père, tellement la douleur était devenue insupportable.

À la place, je ne sais toujours pas pourquoi, j'ai préféré faire semblant d'être une fille devant mes parents et être un garçon au collège.

— À la rentrée de la troisième, je suis parti avec les vêtements achetés par mes parents et je me suis changé avant d'arriver au collège. Je n'ai rien dit à personne. Les gens n'ont pas fait attention au début. Les autres voyaient bien que j'étais différent. Ils n'ont rien dit. Mais quand j'ai commencé à aller dans les toilettes et dans les vestiaires des garçons, le principal a convoqué mes parents. Et là, ça a été le début de la fin…

Le principal du collège était cool. Il a tout de suite compris. Il a voulu mettre mes parents à l'aise. Et il s'est mangé un mur.

Si je devais donner un surnom à mon paternel, je l'appellerais « l'iceberg ». Parce qu'il est glacé de l'intérieur mais aussi parce qu'on ne voit qu'un petit morceau de son étroitesse d'esprit quand on le rencontre. En réalité, il est complètement psychorigide. Il pense tout le temps avoir raison. Fin de la discussion.

Les réunions de famille ont toujours été silencieuses. On se demande bien pourquoi.

— … mise au pied du mur, ma mère a commencé à se poser les bonnes questions. Elle s'est rendu compte que ce n'était pas juste une lubie. Que je devais vraiment penser être un garçon et souffrir. Elle ne l'a pas accepté pour autant. Mais elle a essayé de faire réagir mon père. Et pour réagir, il a réagi. Mais pas du tout comme elle l'avait espéré. Ils ont commencé à se disputer. Ils criaient tout le temps. La maison était devenue un vrai champ de bataille.

Il y a même eu des fois où j'ai bien cru qu'ils allaient en venir aux mains. Leurs disputes étaient vraiment violentes. Surtout quand mon père buvait un peu trop les week-ends. Mais ce n'était pas le pire.

— Comme ma mère s'est rangée de mon côté, comme je me suis entêté, mon père a fini par décider que sa petite princesse était morte. Il a tiré un trait sur moi. Il a arrêté de me voir. De me parler. Il a agi comme si je n'étais pas là.

C'est douloureux de ne pas se sentir compris. C'est une petite mort tous les jours de se sentir totalement ignoré. Effacé. C'est mon psy qui me l'a dit. Parce que oui : je suis enfin suivi par un psy depuis que je vis avec Sacha.

— C'était difficile. Mais au moins, je pouvais faire ce que je voulais. Puisque je n'existais plus pour lui, je me suis coupé les cheveux et ma mère m'a acheté de nouvelles fringues.

J'ai vraiment cru à ce moment-là que le pire était derrière moi. J'ai pensé revivre. Que je pouvais renaître. Mais là encore, je me suis planté.

— À la maison, c'était froid. Mais chacun faisait sa vie de son côté. Je me suis senti libéré pendant quelque temps. Et puis c'est au collège que les choses ont empiré. Il y avait ce redoublant. Un grand gars, costaud avec une tronche à faire peur. Tout le monde voulait être son ami juste pour ne pas avoir d'ennuis avec lui. Il me regardait bizarrement depuis le début de l'année. Il me fixait dans la cour. Il me suivait même dans les couloirs. Au bout d'un certain temps, il m'a lancé des vannes. Des trucs du genre « salut, miss… tu préfères *yo bro* ? » ou « si tu te prends pour un mec, on peut se battre… ». Ensuite, il a commencé les insultes « t'es qu'une sale gouine », « ton look de déménageur, c'est à gerber » ou encore « t'es une honte pour toutes les meufs de la planète, sale monstre de foire ». Et puis un jour, il s'est mis à rire devant tout le monde, à me cracher dessus et à me bousculer. Il m'a touché la poitrine en me disant que jamais je ne pourrais être un mec et que ça l'arrangeait bien. Les pions l'ont vu. Il a été renvoyé quelques jours. Mais il n'en avait rien à faire. Il a fini par revenir à la charge. Un soir, alors que je rentrais chez mes parents à pied, il m'a coincé avec ses copains…

Est-ce que je vais réussir à tout lui raconter ?

Est-ce qu'elle va me comprendre ?

Est-ce qu'elle me voit aussi comme un monstre de foire ?

Mon stress grimpe en flèche et j'ai le cœur qui palpite dans les tempes. Faustine est suspendue à mes lèvres. Je ne peux pas déchiffrer son visage.

Elle est impassible. Elle attend. J'ai l'impression qu'elle a arrêté de respirer. Elle ne bouge pas. Elle ressemble à une statue.

Est-ce que c'est bon signe ?

Je dois aller jusqu'au bout. Je dois tout lui dire. C'est le seul moyen de savoir.

— … c'est encore un peu flou dans ma tête. Je me souviens avoir eu très mal quand ils se sont tous mis à me balancer des coups de pied dans le ventre. Et puis à un moment, j'avais tellement mal que j'ai fini par ne plus rien sentir. Même quand cette brute m'a fracassé la tête sur le trottoir.

Les yeux de Faustine se posent sur mon crâne. À l'emplacement de ma cicatrice.

Je l'effleure du doigt. Ça me rappelle la douleur que j'ai ressentie quand je me suis réveillé à l'hôpital. Ma mère était à mon chevet.

Mais même après avoir été battu et laissé pour mort, mon père n'est pas venu me voir. Ça m'a fait plus mal encore que l'agression et les humiliations réunies.

— J'ai eu un traumatisme crânien, des points de suture, des côtes cassées, deux dents éclatées, une fracture ouverte de la jambe droite et des hématomes un peu partout. Je suis resté trois semaines à l'hôpital. Les médecins ont dit que j'avais eu de la chance de m'en sortir sans aucune séquelle intellectuelle. Mais je n'ai pas pu repartir en cours. Je ne pouvais plus sortir de chez moi. J'étais traumatisé. Ce connard s'en est sorti avec un simple transfert de collège. Son père est avocat.

Il a étouffé l'affaire sordide en un claquement de doigts. Mes parents ont retiré leur plainte. J'étais dégoûté. Seul, enfermé avec eux, j'ai arrêté de manger. De dormir. Je ne suis jamais retourné au collège, même une fois ma jambe remise.

Je vois une larme qui roule sur la joue de Faustine.

Et merde… je ne veux pas qu'elle ait pitié de moi.

Je ne veux pas qu'elle soit désolée pour moi.

Jamais.

— C'est Sacha qui m'a sauvé. Il a arrêté les cours, pris un job, trouvé un avocat et demandé ma garde à un juge. Je ne sais pas comment il a fait. J'étais complètement à l'ouest quand il s'en est chargé. Mais ça a marché. J'ai recommencé à manger, à dormir, à vivre. Il m'a fait rattraper les cours à la maison. Et puis j'ai eu mon brevet des collèges. On a déménagé et je suis arrivé ici. Dans ton bahut. Depuis l'agression, j'ai des maux de tête chroniques et je dois ménager ma jambe, même si je ne peux pas résister à mon skate. Je me suis rasé la tête pour la rentrée parce que je voulais voir ma cicatrice comme un signe : je suis un survivant et je ne peux aller que mieux. Je vais commencer le traitement hormonal dans quelques mois, après mes seize ans. Et puis peut-être que, quand je serai majeur, je me ferai opérer. En attendant, je me bande la poitrine et j'évite le contact physique avec les autres… Quand tu m'as embrassé l'autre jour, je n'avais pas eu le temps de mettre ma brassière de compression. Si je t'ai un peu repoussée, c'est parce que je voulais que tu continues à me voir comme je suis vraiment à l'intérieur.

Voilà. J'ai terminé.

Faustine reste là sans bouger. En apnée. Je vois juste les larmes qui commencent à sécher sur sa joue.

Vas-y, dis quelque chose.

N'importe quoi.

Mais parle-moi.

S'il te plaît.

Mince, elle se remet à pleurer…

Mais non, il commence à pleuvoir.

Comme elle ne dit rien, je tape mon skate du pied pour qu'on aille se mettre à l'abri. Mais elle me retient par le bras.

J'ai comme une alarme qui se met en route dans la tête : attention, contact physique. Depuis l'agression l'année dernière, ça me le fait à chaque fois.

Il se met à pleuvoir vraiment fort. Mais Faustine ne me lâche pas. Elle approche doucement, tout en me regardant droit dans les yeux.

Qu'est-ce qui lui arrive ?

Ses doigts descendent le long de mon bras. Elle me prend la main et la serre fort. Et puis elle m'embrasse. Simplement. Ses lèvres sont douces. Chaudes. Je ne sens plus la pluie tomber. Je suis juste bien.

Je ne suis plus seul.

Faustine est avec moi.

Pendant qu'on s'embrasse, on glisse dans un trou d'espace-temps. Quand on se regarde enfin dans les yeux, la pluie s'est arrêtée.

Il ne reste plus que nous et ce parfum très particulier qui monte après une averse.

L'odeur de la pluie.

L'odeur du bonheur.

Mélodie – Contre vents et marées

Tu reviens bien aujourd'hui, Mel ???

T'as révisé encore hier après mon départ ?
T'es prête pour le test de chimie ?

T'inquiète pas, ça va le faire.
Tu vas assurer ! ☺ ☺ ☺

Le 4 janvier : c'est la reprise des cours. Fred m'a envoyé des messages dès le réveil ce matin. Je n'ai pas eu le cœur de lui répondre. Parce que je n'étais pas certaine de venir au lycée. Après six semaines d'absence, je n'ose pas imaginer ce que les autres pensent de moi.

Même encore maintenant, alors que j'essaie de me faire toute petite dans les couloirs, je ne suis pas sûre de tenir toute une journée. De supporter la cantine. Les récrés. Le regard des autres sur moi.

Son regard.

Pour passer inaperçue, j'ai enfilé ce que j'avais de plus couvrant et de plus foncé : une combinaison-pantalon noire manches longues et des tennis assorties. Je me suis emmitouflée dans un manteau large et j'ai noué une écharpe XL autour de mon cou.

De loin, personne ne peut vraiment me reconnaître. Mais une fois au labo de chimie, je serai obligée d'enlever mon manteau. Tout le monde saura que je suis revenue.

J'ai peur. Peur du jugement des autres. Peur que la réputation de fille facile me colle à la peau pendant trois ans. Peur de tomber sur *lui*.

J'ai les yeux partout. Je ne veux pas croiser les garçons de la bande. Je ne le supporterai pas.

On ne me dévisage plus comme la dernière fois. Il s'est passé plus d'un mois. J'ai pourtant la désagréable impression qu'on chuchote sur mon passage. Les langues se délient dans mon dos. Les gens se taisent quand je les regarde dans les yeux. Personne ne rit. Les regards sont fuyants.

Serais-je devenue la persona non grata *du lycée ? Qu'est-ce que ce connard a bien pu dire sur moi ?*

Par la baie vitrée du bâtiment de sciences, j'aperçois Faustine dans la cour. Mais elle n'est pas seule. Elle est en pleine discussion avec Fred.

J'hallucine. Elle qui ne pouvait pas le voir il y a encore quelques semaines, lui sourit. À un moment, elle éclate même de rire. Ils sont très complices. Ils sont même très proches physiquement.

J'ai raté un épisode, non ? Qu'est-ce qui se passe ?

Les autres ne se rendent pas compte que quelque chose a changé entre eux. Moi je le vois. Je les connais. Et puis en baissant les yeux, j'ai la confirmation : leurs mains se frôlent. Ça ne dure que quelques secondes mais ça veut tout dire.

Est-ce qu'ils sortent ensemble ? Depuis quand ?

J'ai un léger pincement au cœur. Pas parce qu'ils se plaisent. Mais parce qu'ils n'ont pas jugé important de me le dire.

Faustine ne m'a pas envoyé de message ou adressé la parole depuis la soirée d'anniversaire que je lui ai imposée. Elle sait forcément que j'ai couché avec Tim le soir où je devais venir chez elle. Si elle savait comme j'ai été punie depuis…

Est-ce qu'elle me dirait que c'est bien fait pour moi ?

Que je l'ai mérité pour l'avoir trahie ?

Lui avoir imposé ma volonté toutes ces années ?

Ou est-ce qu'elle serait de mon côté ?

Il y a quelque temps, j'aurais parié sur son soutien sans borne. Aujourd'hui, j'ai des doutes.

Il est 8 h 05. Les cours commencent dans dix minutes. Loïc et Jimmy rejoignent Faustine dans la cour. Elle s'approche de Fred et lui frôle à nouveau la main. Elle a l'air heureuse. Alors je me réjouis pour elle. Même si je me sens toujours un peu en dehors. Étrangère à mon propre corps. Comme anesthésiée. C'est à cause des médicaments. Mais je préfère cet état légèrement second à l'afflux massif d'adrénaline qui pourrait parcourir mes veines pour mon premier jour de reprise.

Je les fixe tous les quatre, un peu sans les voir. Je fixe surtout ce qui ressemble le plus à la joie de vivre et au bonheur. Ils ont tous l'air si insouciants. Si légers. J'essaie de m'imprégner de leur aura. J'espère que ça pourra me contaminer par extension.

Faustine finit par lever les yeux vers moi. Elle ne me reconnaît pas tout de suite. Mais au bout de quelques instants, ses traits se figent. Elle ne sourit plus. Elle parle à Fred. Il se retourne et me voit lui aussi. Il me fait signe en souriant. Faustine détourne le regard et prend la fuite. Elle ne veut pas me voir. Elle est donc contre moi.

Ça me brise le cœur.

Faustine croit – comme tous les moutons du lycée d'ailleurs – que je me suis laissé faire par tous les garçons de la bande. Et cette seule pensée m'anéantit. Que tout le lycée pense ça, c'est une chose. Mais que Faustine, ma meilleure amie, croie ce tas de conneries, c'est insupportable.

Fred me fait signe de le rejoindre au labo de chimie. Je retiens mes larmes et je me remets en route.

J'avance jusqu'à la salle de cours. Devant la porte, Malik attend, ses rollers sur l'épaule. J'ai beau le connaître depuis toujours, je m'arrête à quelques mètres de lui. Mes jambes tremblent. Je sais qu'il a essayé de me joindre. Sa mère est passée plusieurs fois à la maison. Et chaque fois, je m'enfermais dans la chambre de mes parents.

Mme Sidi sait à quel point j'allais mal. Elle ne sait pas exactement pourquoi. Peut-être que, comme mamie Odette, elle s'en doute. Peut-être pas.

Je n'ai pas encore réussi à en parler ouvertement à qui que ce soit. Les mots ne veulent pas sortir de ma bouche. Mes parents ont compris, je crois. Ils attendent que je sois prête pour en parler j'imagine. Ma seule certitude est que Malik doit savoir quelque chose. Ses copains ont dû se vanter. Insinuer des horreurs sur mon compte.

Mais est-il du côté de son enfoiré de meilleur ami ?

J'ai souvent observé les relations de la bande des frères Fish and Chips. Je n'ai jamais vu personne tenir tête aux frères Colin. Jamais.

Comment Malik pourrait me croire alors si je lui racontais ce qui m'est arrivé ?

C'est impossible.

Je fais les quelques mètres qui restent, résignée. Je ne pourrai jamais faire entendre ma voix contre ce type.

Jamais.

Quand Faustine a essayé à la cantine, elle s'est pris une rafale. En bonne et due forme. Je ne sais pas comment elle a supporté une telle humiliation publique. J'en serais incapable. J'ai toujours pensé être plus forte qu'elle. Plus forte que toutes les autres filles d'ailleurs. Mais encore une fois, je me trompais. Faustine a survécu à son père. À ce qu'il leur a fait, à elle et sa mère. Elle s'est mesurée à Tim aussi, devant tout le monde. C'est elle la plus forte et la plus courageuse de nous deux.

Pour survivre au lycée, je vais devoir éviter beaucoup de monde. Ça me décourage. C'est déjà difficile de me tenir debout sans m'effondrer. De ne pas montrer que leurs regards me blessent comme des lames de rasoir. Que leurs messes basses me donnent envie de m'enfuir en courant. Que le rejet de Faustine m'arrache le cœur.

Malik se retourne alors que j'arrive sur le pas de la porte. Il a le regard fuyant. Il bafouille un bonjour. Me demande comment ça va. Je bredouille des banalités. Il n'écoute pas vraiment ce que je lui dis.

Quand la cloche sonne et que M. Pullevin ouvre la porte du labo, il entre en trombe dans la salle et s'installe à sa place. Au premier rang. Il évite de me regarder.

C'est le comportement de quelqu'un qui se sent coupable, non ?

Est-ce qu'il connaît la vérité ?

Est-ce qu'il est complice de ce déchet de l'humanité ?

J'ai la nausée quand quelqu'un arrive et me pose la main sur l'épaule. Je sursaute, ça m'affole tout de suite. C'est Fred qui comprend qu'il m'a fait peur. Je reprends mon souffle. J'essaie de respirer par le ventre comme ma mère me l'a appris : pour relâcher la pression.

Fred me sourit et attend que je me calme. Il m'encourage pour le devoir sur table de ce matin. J'essaie d'être sympa. Après tout, il m'a aidée à réviser pendant les vacances. Il a photocopié ses cours et classé les devoirs que j'avais à rendre, par ordre de priorité. Il a réussi à négocier les délais des rendus avec les profs pour moi. Il a même proposé de m'aider à rattraper mon retard une heure tous les soirs.

Fred est une perle.

— Alors… tu sors avec Faustine, je finis par lui lancer.

Fred rougit. Il est mal à l'aise et regarde si quelqu'un a entendu ce que je viens de dire.

Je m'en veux tout de suite. Ça ne me regarde pas.

— Je voulais te le dire. Et puis…

Et puis tu n'as aucun compte à me rendre, mon ami.

— T'inquiète. Y a pas de souci pour moi.

Fred me sourit.

— Je lui ai dit de venir te voir, mais…

— Elle ne veut toujours pas me parler ?

Fred confirme sans me donner les raisons du silence de Faustine.

Je n'en ai pas besoin. Je sais. Et je m'en veux deux fois plus qu'avant. Parce qu'en trahissant Faustine, j'ai fait la pire bêtise de toute ma vie.

Et je m'en mords les doigts tous les jours.

Toutes les heures.

Toutes les minutes.

C'est un véritable supplice. Je donnerais tout ce que j'ai, et plus encore, pour revenir en arrière.

Pour repartir à ce moment où on a déterré la boîte Bécassine.

Pour faire une prédiction inoffensive.

Un vœu innocent.

Je m'installe seule à la table du fond. M. Pullevin nous distribue les polycopiés :

Physique-Chimie 2de B
Thème : L'Univers

III – Présentation de l'Univers
4. Le modèle de l'atome
Contrôle des connaissances

Exercice 1 :

Compléter le tableau en donnant le symbole et la composition des atomes suivants.

Nom	Symbole	Nombre de protons	Nombre de neutrons	Nombre d'électrons
Chlore				
Or				
Cobalt				
Mercure				
Magnésium				

Exercice 2 :

Le noyau d'un atome de Chrome comporte 28 neutrons et 24 protons.
1°) Quel est le symbole de cet atome ? Justifier votre réponse.
2°) Déterminer…

Si j'étais un atome, ce serait Mélodie : M, zéro proton, zéro neutron, zéro électron.

Fille seule, perdue et à la dérive dans l'Univers.

*

Après le contrôle, c'est la récré. Ces deux heures de devoir sur table m'ont vidée. Je n'ai plus l'habitude d'être attentive aussi longtemps. C'est comme le premier jour de la rentrée après les deux mois de vacances d'été. Dans une version cauchemardesque.

Dès la sonnerie, Malik sort sans me regarder. Il n'a fait aucune blague en cours. Même M. Pullevin s'est inquiété de son silence inhabituel.

Fred, lui, reste avec moi. Mais je sens bien qu'il veut rejoindre Faustine. Alors je lui assure que je peux rester seule quinze minutes.

Avant de partir, Fred me promet que Faustine va finir par accepter de me parler. Les choses vont aller mieux. Il faut juste que je sois patiente.

C'est gentil. Mais je n'y crois pas.

— Je sais que c'est difficile pour toi en ce moment. Mais tu peux tout me dire… même le pire. Je peux assurer l'intérim de la « meilleure amie » le temps que les choses s'arrangent entre vous.

Ses dernières paroles me réchauffent pourtant le cœur. Fred m'arrache un vrai sourire avant de se sauver en courant. L'amour donne des ailes et c'est beau à voir.

Ça pourrait presque déteindre sur moi.

Presque.

J'ai fait la fille forte devant Fred mais en réalité, je n'en mène pas large. Il y a trop de monde dans les couloirs à 10 heures. J'ai la tête qui tourne. La respiration qui se bloque. Des bouffées de chaleur.

Dès que j'aperçois la porte des toilettes des filles, je m'y engouffre. J'entre dans la première cabine et je m'enferme. J'ai besoin de respirer lentement. De reprendre mes esprits. De me rassurer.

Tout ira bien.

Je peux le faire.

Je peux traverser cette journée et m'en sortir.

J'ai fait une promesse à mamie Odette.

Je lui dois d'essayer aussi fort que possible.

Pour elle.

Pour moi…

Mais c'est trop difficile d'attendre passivement. De subir. D'encaisser.

J'ai le droit de choisir. Je peux le faire. Je dois le faire. J'ai besoin de le faire.

J'ai tout ce qu'il faut dans mon sac. Ma main tremble. Je ne sais pas si je vais avoir le courage d'aller jusqu'au bout.

Et puis des filles entrent dans les toilettes en riant. J'entends rapidement mon prénom au milieu de leur conversation. D'expérience, rares sont les filles qui portent mon prénom. Je remonte les pieds sur la cuvette pour ne pas être repérée. Et j'écoute la conversation.

Les filles sont deux. Sofia et Amandine.

Encore elles !

— Je vais pas la lâcher cette Mélodie, balance Sofia. Je veux que sa réputation de salope soit tatouée sur son front.

Je ne m'explique pas sa méchanceté à mon égard. Je ne lui ai jamais rien fait. Je ne l'ai jamais attaquée. C'est à moi qu'on a fait du mal.

— Tu t'acharnes, Sofia. Ça te ressemble pas. Laisse-la tranquille.

— Non. Elle a couché avec Tim alors qu'elle savait qu'il était pas libre. Deux fois !

J'ai eu ma première expérience sexuelle avec Tim, alors que je savais qu'il sortait avec elle. Ça, je veux bien lui accorder. Mais ce qui s'est passé à la soirée de mon anniversaire et cette innommable souffrance qui en découle, je refuse de l'assumer. C'est son mec qui m'a fait du mal. Je n'ai pas besoin qu'on m'enfonce encore plus.

Je sens le peu de volonté qui m'habite se faire la malle.

Seule contre tous.

Ou presque.

À quoi bon lutter ?

La rumeur et les ragots vont m'enterrer vivante.

— Tim m'a juré qu'il avait trop bu. Elle lui a sauté dessus à la soirée. Hors de question qu'il y ait un doute dans la tête des gens. Tout est sa faute à elle. C'est clair ?

Après la tirade de Sofia, il y a un silence dans les toilettes. Je suis terrassée par ses paroles. Et en même temps, ce fourbe ne pouvait pas lui dire autre chose. Je n'ai pas l'énergie de pleurer. Pourtant, ma douleur coule sur mes joues. Je pensais ne plus avoir aucune larme dans le corps. Mais c'est plus fort que moi.

Sofia aussi est une marionnette. Comme les autres. À la botte d'un porc.

Et puis la voix d'Amandine murmure quelque chose.

— T'y crois pas une seconde. Tu connais Tim. Alors laisse les autres penser ce qu'ils veulent, croire les sales rumeurs qu'il a lancées. Mais n'enfonce pas cette pauvre fille…

— Parce que tu prends sa défense maintenant…

— Merde, Sofia ! Réagis ! Après ce qu'il t'a fait, tu devrais comprendre…

— T'avais promis de ne plus en parler !

— OK, j'ai rien dit… Mais ne joue pas le jeu de Tim. Ne passe pas tes nerfs sur elle. Elle est pas responsable de tout ça. Je t'ai dit ce que j'ai entendu…

Sofia tire Amandine en dehors des toilettes alors que la cloche sonne la fin de la récré.

Je suis pétrifiée.

Qu'est-ce que Tim a fait à Sofia ?

Pourquoi elle devrait comprendre ?

Et qu'est-ce qu'Amandine a entendu ?

Je ne peux vraiment pas rester comme ça. Je n'en peux plus de ce calvaire quotidien qui me déchire le corps et l'âme. Je fourre la main dans mon sac au lieu de repartir en cours.

J'ai pris ma décision.

Je sors la boîte.

TEST DE GROSSESSE
Fiable, simple et rapide.

Je ne peux plus reculer.

Il faut que je sache.

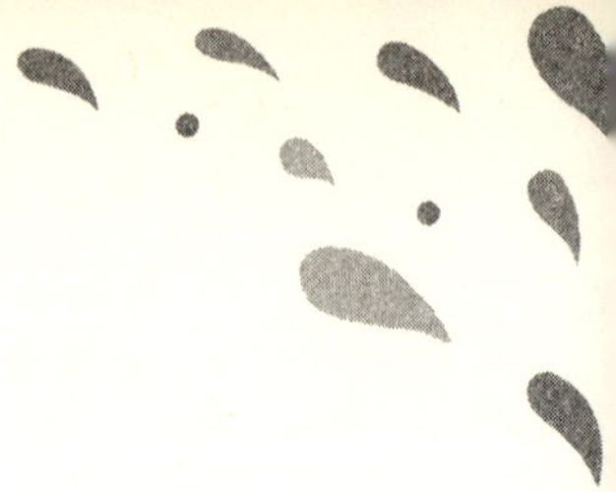

Fred – Dépression atmosphérique

ACTE I

Terrasse d'un rempart dominé par une terrasse et dominant d'autres remparts.

SCÈNE 1

ANDROMAQUE, CASSANDRE

ANDROMAQUE — La guerre de Troie n'aura pas lieu, Cassandre !

CASSANDRE — Je te tiens un pari, Andromaque.

ANDROMAQUE — Cet envoyé des Grecs a raison. On va bien le recevoir. On va bien lui envelopper sa petite Hélène, et on la lui rendra.

CASSANDRE — On va le recevoir grossièrement. On ne lui rendra pas Hélène. Et la guerre de Troie aura lieu…

Il a fallu que la prof de théâtre choisisse *La Guerre de Troie n'aura pas lieu* de Jean Giraudoux pour le spectacle de fin d'année.

Je ne sais pas pourquoi je me suis laissé embarquer là-dedans par Mélodie au premier trimestre. Peut-être parce que je savais que Faustine ferait aussi partie de la troupe du lycée.

Il a aussi fallu que la prof de théâtre choisisse Mélodie pour jouer le rôle d'Hélène et Faustine pour celui de Cassandre.

Est-ce que je crois aux coïncidences ?

Pas vraiment.

Comme si jouer Cassandre prédestinait Faustine à ne pas être crue quand elle a accusé Timothée.

Est-ce que le rôle d'Hélène prédestine Mélodie à quelque chose en particulier ?

*

En sortant du club de théâtre, la tension est palpable. Faustine refuse toujours de parler à Mélodie. Silence radio très flippant. Mélodie se morfond dans son coin sans réagir. Aucun commentaire, très flippant aussi.

Je ne les reconnais plus. J'ai envie de m'énerver, de les secouer et de les enfermer dans une pièce pendant une heure. Je suis certain que tout serait oublié ensuite.

Au lieu de ça, Mélodie marche devant nous pour sortir du lycée au plus vite. Faustine traîne les pieds. Je m'apprête à lui dire qu'elle se comporte comme une enfant. Je tourne la tête pour la regarder et j'entre en collision avec quelqu'un avant d'avoir pu ouvrir la bouche.

C'est Mélodie qui s'est arrêtée brusquement. Quand je lui demande si elle va bien, elle ne répond pas. Elle a le regard fixé droit devant elle. Elle a l'air pétrifiée.

Je vois Timothée à quelques mètres de nous. Il se trouve devant un troupeau de lycéens, prêt à faire une annonce officielle. Il fait signe à Mélodie, qui se raidit et frissonne tout à coup. Elle recule comme un automate. Elle panique.

Mais qu'est-ce qui lui prend ?

Timothée me regarde en souriant. Il a presque l'air sympa. Il prépare un mauvais coup, je le sens. J'ai de la sueur froide qui coule dans le dos. Mes mains sont moites. Je me sens pris au piège.

J'ai eu une épée de Damoclès au-dessus de la tête pendant des semaines. Je m'attendais tous les matins à ce qu'il me fasse un coup fourré.

Mais avec les vacances de Noël, je m'étais détendu. Grâce à la douceur de Faustine. Et puis aussi en prenant soin de Mélodie à ma façon. J'avais l'impression que tout irait bien. J'avais zappé cet abruti. Lui ne m'a pas oublié.

Ça y est. *Il va solder les comptes aujourd'hui.*

Tim est comme cette brute du collège. Il prend tout personnellement et se fait une obligation de tout faire payer aux autres. Même ce qui relève de sa responsabilité.

Il me regarde comme un chat qui a coincé une souris blessée dans une voie sans issue. C'est ma mise à mort qui va suivre. Pas une petite blague humiliante. Non. Il a le même regard que ce sauvage le jour où il m'a fracassé la tête contre le trottoir.

Je n'ai qu'une envie : fuir en courant. Mais la seule issue se trouve derrière Tim.

Les lycéens s'entassent devant lui. Ça râle. Ça bouscule. Ça s'impatiente. Mais Tim réclame quelques secondes supplémentaires de patience.

— Viens me rejoindre, Fred ! Ça te concerne.

Sans déconner.

Tim me balance ça d'une voix doucereuse. Il me fait à nouveau un grand sourire carnassier. Je n'ai pas envie d'y aller. Mais je n'ai pas le choix.

En approchant, je vois qu'on a scotché des feuilles sur les baies vitrées derrière lui. Des feuilles en format A3 pour que tout le monde voie mieux… mon dossier scolaire !

Comment il a réussi à l'obtenir ?

Le proviseur m'avait juré que toutes ces informations étaient confidentielles. Et là, je percute : le pion, Bilal, le pote de Louis. C'est forcément lui. Bilal rend des services contre rémunération aux frères Fish and Chips. Tim n'a eu qu'à payer pour obtenir ce qu'il voulait et m'afficher devant tout le bahut. Malik en a parlé pendant les vacances de Noël à Pavel et Julien, mais je n'y croyais pas.

Je me sens mal. J'ai envie de vomir et je suis à deux doigts de tomber dans les pommes.

Mon cœur accélère. Il s'emballe tellement vite que j'ai peur de faire une crise cardiaque.

Je n'arrive plus à avaler ma salive. Je crois que je suis rouge écrevisse.

J'ai chaud. Très chaud. Autant que dans un sauna.

Je suis démasqué.

Devant tout le bahut.

Tout va recommencer.

Encore.

Je reste là, les bras ballants, dos aux autres. Je ne peux pas les regarder. Je ne peux pas affronter leurs regards. J'entends des murmures. Des gens ricanent.

D'autres me jugent. Je voudrais disparaître sous terre. Plus encore quand j'entends Tim me présenter comme Mlle Frédérique Goupil, *la nana la plus masculine du bahut. La camionneuse. Le petit monstre du lycée Rimbaud. Cette dégénérée qui nous ment depuis la rentrée...*

Ses mots me blessent. Ses insultes. Ses humiliations. Je les ai entendues des centaines de fois. Et je les entendrai encore. Je suis tétanisé.

Bilal arrive et tente de disperser la foule. Il arrache rapidement les copies multiples de mon dossier scolaire. Il est blême. Il sait qu'il va avoir des problèmes. Je crois qu'il me dit d'aller dans le bureau du proviseur. Mais je ne suis pas sûr. Je voudrais reprendre le contrôle. Être plus fort. Mais je ne peux ni bouger ni parler.

Ça recommence. Encore.

Alors que je ne réagis pas, je sens deux mains m'agripper. Mélodie et Faustine sont autour de moi et me tiennent les mains. Malgré leurs différends, elles font front avec moi. Je sais que je peux m'en sortir. Grâce à elles. Je reviens peu à peu à moi.

Et je me répète les mots de mon psy. Tim est un ignorant. Un bas du buffet. Un de ceux qui ne voient pas plus loin que le bout de leur nez. Une personne intolérante. Quelqu'un de pauvre humainement parce que son univers est étriqué.

Alors que le monde est vaste.

Diversifié.

Étonnant.

Je devrais être navré pour Tim. Je devrais le plaindre. Parce qu'il pense tout savoir et qu'il ne connaît rien. Mais son comportement me met en colère.

En nous voyant tous les trois soudés, Tim se marre.

— La belle brochette de dégénérées ! La mytho, la nympho et la gouine !

Les autres autour de nous sont de plus en plus énervés. J'entends des rires de hyènes. Les insultes fusent dans tous les sens. Tim a le soutien de beaucoup. Ceux qui ne sont pas avec lui ne disent rien. Est-ce qu'eux aussi ont peur ?

Je ne veux plus me laisser faire. Je ne veux plus subir. Je ne veux plus me retrouver à l'hôpital à cause d'une brute.

— Je suis pas lesbienne, connard ! Je suis un garçon trans et je t'emmerde !

Les mots sont sortis de ma bouche sans que je ne puisse les retenir. Je suis terrifié d'avoir balancé ça comme ça. Et en même temps, je suis soulagé d'un poids.

J'attends que Tim rétorque, mais Malik arrive.

Est-ce qu'il va aussi nous balancer des horreurs ?

Est-ce qu'il va nous insulter ?

Est-ce qu'il va faire comme s'il ne voyait rien et s'en aller ?

— T'es qu'un lâche, Tim !

Ce mouvement-là, je ne l'attendais pas. Mais je l'espérais au plus profond de moi.

La foule parle moins fort. Tout le monde attend que Malik en dise plus. Tim a l'air sonné. Il ne comprend pas. Malik continue :

— Je sais tout ce que tu as fait. Tu me donnes envie de gerber !

Je peux lire l'incompréhension dans le regard de Tim. Il a cru que Malik serait toujours de son côté. Quoi qu'il fasse.

Tu t'es bien planté, Tim.

— Arrête, Malik, c'est juste pour déconner…

— Je vois pas ce qu'il y a de drôle. Fred est mon pote. Point barre.

Les mots de Malik me font du bien. Il me soutient lui aussi. Comme je suis vraiment. Je me détends un peu plus même si l'attroupement se resserre autour de Malik et Tim maintenant. C'est étouffant. Le hall du bahut est plongé dans le silence.

— Je crois Faustine aussi. Parce que…

Et là, Malik hésite. Il veut dire quelque chose mais il ne sait pas comment. Il a un regard pour Mélodie.

Pourquoi ?

Je percute avant qu'il ne le dise. Le soir de la fête, j'ai sauvé Faustine. Mais Mélodie est restée. Je suis horrifié.

Pourquoi je n'ai pas compris avant ?

Pourquoi je l'ai laissée ce soir-là ?

En voyant le regard désolé de Malik, Mélodie me serre la main plus fort.

— … je sais ce que tu as fait à Mélodie, achève Malik dans un souffle. Tu l'as forcée comme tu voulais forcer Faustine.

Même s'il l'a dit dans un murmure, la rumeur parcourt tout l'attroupement de lycéens. Même les pions en restent sans voix. Ils se regardent sans savoir comment réagir. L'un d'entre eux part vers le couloir de l'administration en courant.

Ce que vient de dire Malik est une grave accusation. Ça ne va pas en rester là, j'en sais quelque chose. Quand des choses horribles arrivent à des élèves, l'administration est obligée d'intervenir et de prévenir les parents.

Parfois même la police.

Tim met quelques instants avant de répondre. Il l'a fait. Il le sait. Il voit son frère dans l'assemblée. Ils échangent un regard lourd de sens. Louis n'aidera pas son cadet sur ce coup-là.

Est-ce que c'est de la peur que je peux lire dans ses yeux ?

Mélodie tremble comme une feuille. Elle pleure silencieusement. Elle ne s'attendait pas à ce que Malik soit au courant. À ce qu'il balance Tim devant tout le bahut.

Je ne sais pas quoi faire. Je ne sais pas quoi lui dire. Je sentais que quelque chose de grave s'était passé. Mais *ça*…

Comment un être humain peut faire une chose pareille ?

Comment un garçon peut croire qu'il a le droit de prendre une fille par la force ? D'abuser d'elle ?

Comment quelqu'un peut se comporter comme un animal sauvage et ruiner la vie d'une personne ainsi ?

Je n'ose plus la toucher.

Après mon agression, je ne supportais pas que les autres m'approchent. Il a fallu attendre Faustine pour que je commence à me détendre. Aujourd'hui encore, c'est difficile.

Timothée ne compte pas se laisser faire, même sans le soutien de son frère.

— C'est n'importe quoi ! Tout ce qui s'est passé elle l'a voulu. C'est elle qui m'a cherché ! Dis-leur, toi ! Dis-leur, Mélodie…

Mélodie est révulsée. Elle pleure tellement qu'elle ne peut pas parler. Personne ne peut croire les paroles de Timothée en voyant son état. Elle est détruite.

Faustine se précipite et prend sa meilleure amie dans ses bras. Mélodie s'effondre au sol. Faustine ne la lâche pas. Elle la serre plus fort en lui promettant que tout ira bien. Tout ira mieux maintenant.

Elle s'excuse mille fois. Elle assure à Mélodie qu'à partir de maintenant, elle sera là. Avec elle. Elle ne bouge pas.

Et puis, coup de théâtre : Amandine sort du troupeau de lycéens qui suit le drame en direct.

— Moi aussi je sais ce que tu leur as fait…

Tim se tourne vers elle, l'air de ne pas comprendre ce qui arrive.

— Qu'est-ce que tu dis, toi ! T'étais même pas là…

— Peut-être. Mais j'ai entendu ton frère se vanter de votre coup dégueulasse. Vous avez profité que Mélodie soit saoule pour abuser d'elle, tous les deux, le même soir. Même Julien l'a fait !

Sofia est à côté d'elle. Une larme roule sur sa joue. Tim croise son regard et baisse les yeux. C'est un aveu. Sofia part dans la cour en pleurant.

Quoi ?

Qu'est-ce que c'est encore que cette embrouille ?

Est-ce que ça peut être encore plus sordide ?

Malik est estomaqué. Ses yeux passent alternativement d'un frère à l'autre, puis à Julien. Il est en état de choc. Ses potes de toujours sont aussi pourris les uns que les autres.

J'aperçois Jimmy, du coin de l'œil, prêt à sauter à la gorge des frères Colin. Loïc le retient pour éviter le drame. Jimmy est plutôt du genre calme et discret d'habitude. Après ce qu'il vient d'entendre, il a l'air déchaîné.

Le proviseur débarque et met un terme à ces déclarations publiques. Il emmène directement Timothée, Louis et Julien dans son bureau. Ils ont joué. Ils ont perdu. Ils me dégoûtent.

Bilal et sa collègue Gaëlle nous appellent Malik, Amandine, Mélodie et moi. Ils nous emmènent en permanence. Faustine nous suit, accrochée à Mélodie.

Les pions préviennent ensuite nos parents. On se regarde tous sans savoir quoi dire de plus. On en a entendu beaucoup déjà. Le reste peut attendre.

Pourtant, Sofia nous rejoint discrètement. Elle a les yeux rouges et avance vers Mélodie. Faustine s'interpose.

— Tu crois pas que t'en as assez fait ?

— Je voulais juste m'excuser, c'est tout. J'étais en colère, j'aurais pas dû…

Sofia cherche ses mots, les yeux dans le vague.

— … je suis vraiment désolée.

Amandine lui lance un regard compatissant. Sofia est prête à partir quand Mélodie l'apostrophe :

— Qu'est-ce qu'il t'a fait, à toi ?

Sofia lève les yeux vers Amandine. C'est Mélodie qui répond :

— Elle a rien dit. Je vous ai entendues dans les toilettes ce matin.

Amandine l'encourage d'un regard. Sofia réfléchit quelques instants et se lance :

— C'était pas à chaque fois… mais c'est arrivé… Quand Tim avait trop bu, quand il voulait pas entendre que j'avais pas envie… En soirée, parfois chez moi, quand mes parents étaient pas là… il me harcelait jusqu'à ce que je cède. Jusqu'à ce qu'il ait ce qu'il voulait. Au début, je croyais que c'était normal… que tous les couples fonctionnaient comme ça, que…

Sofia en perd ses mots. Alors Malik lui prête les siens.

— Qu'un mec a le droit de se passer du consentement de sa copine pour coucher avec elle ? Que parce qu'on sort avec quelqu'un, on est à sa disposition dès qu'il a envie ?

La pression que peuvent mettre certains types à leurs copines pour qu'elles se sentent obligées de coucher avec eux me dégoûte. Tim est vraiment un connard.

Les larmes coulent sur les joues de Sofia alors qu'elle acquiesce. Malik se sent mal. Il cogne le mur pour passer ses nerfs. Bilal lui demande de se calmer. Malik arrête mais jette un regard assassin au pion. Ça confirme mes soupçons : Bilal a bien donné mon dossier à Timothée.

Je nous regarde tous, regroupés dans un coin de la salle. On a tous fait ce qu'il fallait aujourd'hui. Même si c'était un peu tard. Un peu chaotique. Un peu explosif.

Faustine berce doucement Mélodie pour l'apaiser. Je me serre contre elle.

Maintenant on reste tous les trois, ensemble.

Quoi qu'il arrive.

Après la pluie… – Faustine

Personne n'a été épargné par cette tempête. Ni la bande des populaires du lycée. Ni leurs groupies. Ni même les anonymes. On a tous été éclaboussés par ce qui est devenu le scandale de l'année.

Quand Fred et moi avons accompagné Mélodie au commissariat pour qu'elle porte plainte, les policiers ont parlé de viol en réunion. C'est comme ça qu'ils ont qualifié ce qu'elle avait subi. Ça signifie que Mélodie a été violée par plusieurs garçons, considérés comme complices. C'est une circonstance aggravante pour le futur procès.

Après le dépôt de plainte de Mélodie, nos familles nous attendaient à la sortie du commissariat. Les parents de Mélodie, le frère de Fred et ma mère. Tous ensemble. Unis pour nous soutenir.

Ils sont restés aussi soudés que nous. Ils ont rapidement sympathisé. On s'est sentis comme dans une famille recomposée. Pas toujours sur la même longueur d'onde. Parfois en désaccord. Mais beaucoup plus forts. Solidaires. Capables d'essuyer n'importe quelle tempête.

Quelques jours après le scandale, les parents des frères Fish and Chips sont allés chez Mélodie. Pour parler. Et essayer d'arranger les choses à l'amiable. Pour eux, il s'agissait d'un malentendu. Leurs fils avaient toujours été trop compétitifs. Chacun voulait être le meilleur. Le premier. Dans tous les domaines. Ça expliquait pour eux le malencontreux dérapage à la soirée.

Un dérapage ? Malencontreux ?

Cette blague.

Ils ont évoqué le partage des responsabilités. Entre elle et les garçons. Le père de Mélodie a changé de couleur en les entendant affirmer que sa fille avait une part de responsabilité dans les viols qu'elle avait subis. Il est entré dans une colère noire. Mélodie ne l'avait jamais vu comme ça. Il l'a défendue comme jamais. Et malgré la grande souffrance qu'elle éprouvait encore, elle a été fière de lui. Et reconnaissante d'avoir son soutien indéfectible.

Ses parents ne sont pas du genre à s'épancher sur leurs sentiments. Ils ne verbalisent pas les choses. Mais leurs actions lui ont prouvé tout l'amour qu'ils lui portaient depuis toujours. M. Colin a proposé que Mélodie retire sa plainte en échange d'un gros chèque. Là, le père de Mélodie a pété les plombs et l'a foutu à la porte.

En entendant cette proposition indécente, Mélodie a rugi. Après la détresse et la dépression, elle s'est mise en colère. Ça a été un véritable moteur pour elle. Pour reprendre pied. Pour se remettre en mouvement. Pour vivre à nouveau.

Essayer de vivre en tout cas.

Louis et Timothée croyaient qu'ils se sortiraient de cette sale histoire grâce à l'argent et l'influence de leur famille. Les fils d'un adjoint du maire. D'un DRH réputé et de la propriétaire de la plus grosse pharmacie de la ville. Ils pensaient que l'argent pouvait tout acheter. Museler les gens, quand ça les arrangeait. Ils se trompaient.

Pour calmer les choses, ils ont été retirés du lycée et envoyés en pension en attendant le procès. Julien, lui, n'a pas eu autant de chance. En attendant la décision de la justice, il est resté seul, pour assumer la responsabilité de cette histoire au lycée. La bande des frères Fish and Chips a explosé. Pavel, Julien et Malik n'ont plus jamais traîné ensemble. Sofia et Amandine se sont faites plus discrètes. Elles ont repris ensemble la direction du club photo du bahut. Avec l'accord du proviseur, elles ont monté une exposition intitulée « Mon corps m'appartient : histoire de consentement ».

Depuis ces événements, le frère de Fred est souvent à la maison. Ma mère l'aide à reprendre des cours pour devenir infirmier. Elle accueille Fred aussi quand Sacha travaille la nuit. Même si elle accepte notre relation, il dort dans la chambre d'amis. Et ça me convient.

Tout cela m'a aussi permis de renouer le dialogue avec ma mère. Mon père n'est plus un tabou entre nous. On peut discuter de n'importe quel sujet d'ailleurs. Je sais que je peux compter sur elle et c'est très important pour moi.

Avec Fred, on prend notre temps. Ce n'est pas toujours évident de savoir où on en est à seize ans. De comprendre son attirance pour les filles et/ou pour les garçons. Ça se complique un peu plus quand, comme moi, on tombe amoureuse d'un garçon né dans le corps d'une fille. Fred me plaît vraiment. Comme il est. Et ça me fait beaucoup de bien de l'avoir à mes côtés. Voilà tout ce dont je suis sûre et certaine aujourd'hui.

On a mis du temps à se parler vraiment avec Mélodie. Elle a eu besoin de panser ses plaies. De travailler sur elle. De faire le point.

Un samedi soir en février, les choses ont pourtant évolué.

J'étais avec Fred, Loïc et Jimmy pour la soirée jeux, devenue un rituel depuis quelques semaines. Ma mère travaillait de nuit. On avait des provisions de bonbons et de chocolat chaud pour tenir jusqu'au petit matin. Loïc râlait parce qu'il perdait. Jimmy se marrait pendant que Fred chantait pour nous déconcentrer. Et puis, quelqu'un a sonné.

Quand j'ai ouvert la porte, Mélodie était là. Comme avant. Mais plus vraiment. Sa bonne humeur et ses blagues sarcastiques s'étaient envolées. Elle n'osait plus s'incruster comme elle le faisait depuis toujours.

Lucien, son frère, venait de la déposer en voiture. Elle lui a fait signe que tout allait bien et il est reparti. Et puis elle m'a souri. Quelque chose dans son regard attendait que je l'invite. Que je l'autorise à entrer. Peut-être parce qu'il s'était passé trop de choses ces derniers mois. Peut-être parce qu'elle n'était plus certaine qu'on soit encore les meilleures amies : celles des prédictions de la rentrée, dans la boîte Bécassine. Peut-être aussi parce que la dernière fois qu'elle avait sonné à cette porte, elle m'avait fait un coup tordu en invitant tout le bahut.

Il s'est passé quelques minutes, pendant lesquelles on est restées les yeux dans les yeux. À chercher quoi se dire. Comment se parler. Même si on se fréquentait toujours, on ne s'était pas retrouvées toutes les deux, seules, depuis des semaines. Des mois.

Et puis, Fred est arrivé.

Mélodie a entendu les voix de Loïc et Jimmy par la porte entrouverte.

— J'aurais dû appeler avant. Je suis désolée.

Elle allait s'en aller.

— Mais non ! Viens jouer avec nous.

C'est aussi pour ça que je suis tombée amoureuse de Fred. Parce qu'il comprend les gens. Leurs forces et leurs faiblesses. Il ne les juge pas. Il est bienveillant. Accueillant. Chaleureux.

Mélodie m'a regardée, en cherchant l'approbation dans mon regard. Je lui ai souri. Fred a encore eu des paroles très attentionnées.

— Prenez votre temps pour nous rejoindre. Je suis en train de mettre une tôle à Jimmy.

Il repartait, quand il lui a lancé, l'air de rien :

— Il va être content de te voir.

Il faisait noir, mais j'aurais juré que Mélodie a rougi. Je crois que c'est à ce moment que j'ai vraiment mesuré à quel point tout ça l'avait changée. Profondément.

Elle s'est assise sur les marches de la maison et a trouvé le courage de me parler.

— J'ai fait plein d'erreurs cette année… Certaines se sont retournées contre moi… et puis d'autres t'ont blessée…

Elle m'a pris la main et je me suis assise à côté d'elle.

— Je vais réussir à vivre avec tout ça. Je vais rester debout et tout faire pour avancer. Mais j'y arriverai pas sans toi… pas sans ma meilleure amie…

J'ai aperçu une larme couler sur sa joue. Ça m'a brisé le cœur de la voir encore tellement triste après tout ce qu'elle avait subi. Après tout ce par quoi on était passées, toutes les deux.

— Est-ce que tu crois que tu pourrais me pardonner ? Pour tout.

Derrière ce « tout », il y avait des années de blagues pas drôles, de rentre-dedans gratuit et de sarcasmes à tous les étages. Mais aussi la trahison avec Timothée et cette abominable soirée qu'elle m'a imposée.

J'avoue, je lui en ai longtemps voulu. Pour tout ça. Et puis aussi parce qu'elle a toujours profité de ma gentillesse et de mon hospitalité. Mais après avoir entendu ce qui lui était arrivé, sous mon propre toit, je ne pouvais plus lui en vouloir. Je voulais seulement retenir nos fous rires et nos belles années d'amitié. Imparfaite, mais bien réelle.

— Amies, à la vie à la mort. Quoi qu'il puisse arriver.

Après avoir entendu ma réponse, elle m'a serrée dans ses bras. Et comme je gelais sur place, juste avec mon sweat à capuche, on a rejoint les garçons. La bande était presque au complet. Il ne manquait que Malik pour que tout soit parfait.

Pendant mon année de seconde, j'ai appris à ne pas me fier aux apparences, qui sont souvent trompeuses. Elles ont failli me priver de ma meilleure amie. Et ça, je ne l'oublierai jamais. À cause des apparences, j'aurais pu aussi ne jamais voir qui était Fred. Ne jamais le rencontrer vraiment. Ne jamais m'autoriser à l'aimer. Et je serais passée à côté de ma première histoire d'amour.

Je sais aussi – pour l'expérimenter chaque jour – que la vraie vie est bien plus passionnante que les rêves et les fantasmes. Si on accepte de ressentir toutes les émotions qui la composent : qu'elles soient agréables ou non.

Après la pluie… – Mélodie

Le jour où tout a été révélé au lycée, j'avais appris une mauvaise nouvelle. Mon test de grossesse était positif. J'étais effondrée. Non seulement j'avais subi l'innommable mais en plus, j'allais le payer toute ma vie.

J'ai fini par en parler à ma mère après le dépôt de plainte.

En bafouillant.

En pleurant.

En tremblant.

J'avais peur de lui dire. Après tout ce qu'elle avait appris, j'ai cru qu'elle ne le supporterait pas. Encore une fois je la sous-estimais. Elle est restée très calme.

On est allées voir le docteur Baumann ensemble. Ma mère lui a expliqué que je n'avais pas eu mes règles depuis mon agression. Même si le docteur voulait garder un visage impassible, j'ai bien senti qu'elle était en colère. Contre ces garçons. À cause de ce qu'ils m'avaient fait. Mais elle n'a rien dit.

Elle m'a prescrit une prise de sang complète, qui comprenait le dépistage des maladies sexuellement transmissibles et un test de grossesse. Parce que d'après elle, les tests de grossesse en vente libre n'étaient pas fiables à cent pour cent. Et puis le traumatisme que j'avais subi pouvait très bien être à l'origine de cette aménorrhée.

Quand je suis allée chercher les résultats au laboratoire, j'avais les mains moites. Ma mère m'a accompagnée. On a ouvert l'enveloppe ensemble. Sur le papier, il était écrit noir sur blanc que je n'étais pas enceinte. Le test que j'avais fait au lycée était un faux positif. Je me suis sentie soulagée et plus légère. Aussi parce que je n'avais aucune maladie.

Ma mère a voulu prendre rendez-vous chez le gynécologue, pour envisager un moyen de contraception. J'ai préféré demander un suivi régulier avec un psychothérapeute.

La policière qui a pris ma plainte m'en avait parlé. Elle m'avait même donné la carte d'un centre de soutien aux victimes. Mes parents ont accepté malgré le sacrifice financier que ça leur demandait. Pour mon bien.

Pour que je m'en sorte. Pour que j'apprenne à vivre avec ce qui m'est arrivé.

Ma mère a décidé de prendre un travail à mi-temps. Pour mettre du beurre dans les épinards comme elle le dit si bien.

C'est mon héroïne. Je ne sais pas ce que j'aurais fait sans elle.

Avec ce qui m'est arrivé, j'ai appris à faire attention à ce que je souhaite parce que parfois, ça peut nous entraîner dans un véritable cauchemar éveillé. On peut facilement se mettre en danger en faisant confiance à des personnes mal intentionnées. Même si on devrait être libre de faire la fête et de s'amuser, sans devoir se méfier de garçons qui n'ont pas appris à respecter la parole des filles. Des garçons à qui on devrait apprendre que non veut dire non. Que l'absence de consentement n'est pas un oui. Que la parole des filles compte autant que la leur. Et que le fait d'être inconsciente n'a jamais autorisé personne à faire ce qu'il veut de vous.

Je ne rêve plus de reconnaissance sociale et de richesse matérielle. Je veux juste qu'on me voie comme je suis et qu'on me respecte.

Après la pluie...
– Fred

Les frères Fish and Chips ont été démasqués il y a plusieurs mois.

Malik a eu du mal à s'en remettre. Il culpabilisait de n'avoir rien vu. Il a longtemps pensé que, peut-être, il ne voulait pas voir.

Que ça l'arrangeait d'ignorer la part sombre de ses amis d'enfance.

Mélodie a fini par lui parler. Elle ne lui en veut pas.

Elle sait qu'il n'est pas responsable des actes des autres. Il doit accepter de n'avoir aucune prise sur le passé.

Les mots de Mélodie l'ont aidé. Un peu. Mais sa joie de vivre et sa spontanéité ont disparu. Il a renoncé à ses rollers et son skate. Sans doute pour se punir. En abandonnant la glisse, sa grande passion.

Comme nous tous, Malik ne sera plus jamais le même. Toute cette histoire a brisé les derniers vestiges de notre innocence.

Les frères Colin nous ont volé une partie de nous-mêmes. Ils nous ont obligés à grandir plus vite.

J'aime penser qu'ils paient aussi toute cette merde.

Je n'ai pas laissé tomber Malik. J'ai insisté pendant des semaines, des mois, pour qu'il m'accompagne au skatepark. Sans succès.

Et puis, un jour de printemps, il a fini par me rejoindre comme si rien ne s'était passé. L'étincelle dans ses yeux s'était envolée. Mais au moins, il voulait reprendre le dessus. Ça m'a rassuré. Parce que jusque-là, il était seul.

Malik est venu compléter notre petite bande. Il est vite devenu très pote avec Loïc et Jimmy. Il doit d'ailleurs leur apprendre à faire du skate. Mais, avec leur souplesse et leur équilibre d'enclume, c'est pas gagné ! Tous ces moments l'aident à se reconstruire. Même si je le surprends parfois en train de regarder Loïc, Jimmy et les filles, l'air triste. Il ne veut pas l'admettre, mais je sais que ses potes d'enfance lui manquent.

Moi j'ai toujours eu Faustine et Mélodie pour couvrir mes arrières. Pour me soutenir. Pour m'accompagner. Même le lendemain de mes seize ans, quand j'ai rencontré le médecin qui m'a prescrit le traitement hormonal.

Le chemin va encore être long. Mais je tiens le cap. Je sais qui je suis.

On est partis tous les trois en vacances au bord de la mer avec la mère de Faustine et Sacha, cet été-là. Sortir de la ville nous a fait un bien fou. On avait l'impression d'être libres. De nous délester d'un énorme poids sur le cœur. Tout est devenu plus léger. Plus supportable. Plus amusant.

À notre retour, la reprise scolaire était proche. Comment on a réussi à ne pas redoubler la seconde reste un mystère. Peut-être en se serrant les coudes. En révisant ensemble. En se poussant toujours les uns et les autres plus loin. En croyant en nous. Envers et contre tout.

Cette année, j'ai compris que la véritable amitié existe. Qu'il faut savoir s'entourer des bonnes personnes. Des personnes bienveillantes. Des gens qui vous prennent tel que vous êtes et vous respectent. Avoir de véritables amis, ça n'a pas de prix. Ça vous rend plus fort.

En arrivant au lycée, je voulais que tout le monde me voie comme un garçon comme les autres. Mais je me trompais. Parce que cela annihilerait mon parcours. Ce que j'ai subi, ce dont j'ai souffert et qui je suis vraiment. Je suis un garçon trans et je n'ai pas à le cacher pour vivre heureux. Si quelqu'un est dérangé par ça, ce n'est pas mon problème. J'ai confiance en moi et en mes proches.

Fred –
… le beau temps

La veille de la rentrée, les filles m'ont emmené déterrer leur boîte de prédictions. Il pleuvait quand on est partis. Il pleuvait encore quand on a trouvé la boîte Bécassine. Et puis, quand on a voulu brûler les prédictions de l'année dernière, la pluie s'est arrêtée. Comme par magie. Pour nous permettre de tirer un trait, une bonne fois pour toutes, sur tout ça.

Mélodie a déchiré la page du carnet, allumé le briquet et mis le feu. Le symbole était fort.

— On devrait pas dire quelque chose ?

Ça me semblait nécessaire.

— Tu penses à quoi ? m'a demandé Faustine en se blottissant dans mes bras.

— *Rest in peace*, saleté d'année de seconde ?

— Très subtil.

Mélodie m'a sorti ça sur un ton plein de remontrances, alors qu'elle souriait.

Et puis elle a tendu le carnet à Faustine.

— Qu'est-ce qu'on souhaite pour cette année ?

Elles ont échangé un regard complice et bienveillant. On était tous en paix à cet instant. Avec nous-mêmes. Et avec nos proches. Malgré ceux qui nous avaient fait du mal par le passé.

Faustine a griffonné sur le papier…

— On souhaite être toujours là, les uns pour les autres…

… Mélodie a récupéré le carnet…

— … et profiter simplement de la vie…

… et j'ai terminé la phrase…

— … en toute sécurité.

On a signé tous les trois.

Faustine s'est accrochée à mon cou, pendant que Mélodie enterrait la boîte métallique.

Une odeur flottait après cette averse. Un parfum très particulier qui semblait insuffler la vie à l'herbe, à la terre et à l'asphalte, qui scintillait.

Des effluves qui nous rappelaient comme il est bon d'être bien accompagné pour affronter les épreuves de la vie.

Ensemble.

L’odeur de la solidarité.
L’odeur de la reconstruction.
L’odeur de la pluie.

Remerciements

Ce roman existe grâce à ceux qui ont été mes complices durant mon année de seconde. Ils ne figurent pas dans cette histoire mais m'ont fortement inspiré la bande de Faustine, Mélodie et Fred. Ils se reconnaîtront… Même si nous ne nous voyons plus, je pense à vous souvent. Merci d'avoir partagé tous ces moments précieux avec moi, à cette époque. Vous faites partie de moi.

J'adresse mes plus sincères et affectueux remerciements à :

Mes fidèles lecteurs, qui ont pris le temps de suivre les balbutiements d'un projet devenu roman : Clémence Lebatteux, Gauthier Moindrot, Mariane Olivier, Claire Pisarra et Eloïse Tibet-Zanini. Vos retours, conseils et encouragements m'ont permis de faire avancer cette histoire si chère à mon cœur. Merci d'assurer autant !

Une mention spéciale à Nicolas Leclerc et son bureau – sur lequel a été rédigé le premier chapitre de ce texte – ainsi qu'à Valérie Baguenard, pour m'avoir permis de poursuivre et d'achever l'écriture dans son petit havre de paix.

Mon agent, Lise Arif, pour avoir joué à la perfection les entremetteuses et permis que le texte arrive jusqu'à la bonne personne, au bon moment. Merci pour ta sagacité, ton appui et ton sens du timing !

L'équipe de Scrineo, et plus particulièrement Jean-Paul Arif, pour son enthousiasme communicatif et sa bienveillance. Merci d'y avoir cru dès la première lecture !

Mais aussi mon éditrice, Floria Guihéneuf, pour sa disponibilité, sa patience et sa sensibilité. Tu as appris à aimer ces personnages, tu as cherché à les sublimer et m'a permis de révéler certains moments de grâce. Merci pour tout !

Les lecteurs de Scrineo, Mathilde Gillio et Élian Barcelo, pour leurs retours pertinents et éclairants.

Ma mère, Bernie, ma première héroïne féministe. Celle qui a toujours cru en moi et soutenu ma passion pour les histoires et les mots. Envers et contre tout. Envers et contre tous. Merci d'avoir été un modèle de résilience et de combativité. Sans toi, rien n'aurait été possible.

Et toi Victor. L'amour donne des ailes et m'a conduite jusqu'à toi. Si je l'avais su à seize ans, j'aurais eu davantage confiance en la vie. Merci de suivre et de lire les histoires qui fourmillent dans ma tête, d'un regard attentif et constructif. Merci de croire en moi. Tout simplement.

Pour aller plus loin...

Si une personne de votre entourage, ou vous-même, êtes victimes de harcèlement, ou toute autre forme de violence verbale ou physique, nous vous invitons à ne pas rester seul, à en parler. Vous trouverez une liste de contacts et d'informations ci-dessous :

Liste non exhaustive de contacts si vous êtes victime de harcèlement et/ou cyberharcèlement :

- Non au Harcèlement – Ministère de l'Éducation nationale : http://www.nonauharcelement.education.gouv.fr/
Service & appel gratuits : 30 20
- Que faire en cas de cyberharcèlement ? – Ministère de l'Éducation nationale :
http://www.nonauharcelement.education.gouv.fr/que-faire/faire-face-au-cyberharcelement/

- Net Écoute : http://www.netecoute.fr/
- Association Contre le Harcèlement Scolaire : https://site-achs.wixsite.com/achs
- ReThink – application gratuite permettant de lutter contre le cyberharcèlement (en anglais) : http://www.rethinkwords.com/.

Sur Service-Public.fr (toutes les procédures, les recours, les définitions, où s'informer…) :

- Harcèlement scolaire – Site officiel de l'administration française : https://www.service-public.fr/particuliers/vosdroits/F31985
- Harcèlement en ligne – Site officiel de l'administration française : https://www.service-public.fr/particuliers/vosdroits/F32239

Il existe également des associations régionales et des « Maisons de la Justice » (http://www.justice.gouv.fr/le-ministere-de-la-justice-10017/les-maisons-de-la-justice-et-du-droit-24772.html) pouvant vous aider si vous n'osez pas en parler à votre entourage. N'hésitez pas à les chercher sur Internet ou à aller vous renseigner à la mairie de votre ville.

Liste non exhaustive de contacts si vous souhaitez discuter en toute confiance de vos questionnements liés à votre genre ou votre sexualité, ou si vous êtes victime d'agressions LGBTophobes :

- La fondation Le Refuge, qui héberge et accueille les jeunes LGBT+ de 14 à 25 ans : https://www.le-refuge.org/
- L'association OUTrans, « une association féministe d'autosupport trans pour les personnes transmasculines, transféminines, non-binaires, en questionnement, et pour leurs allié·e·s cisgenres, issu.e.s de la communauté FtM » : https://outrans.org/
- L'association nationale transgenre (ANT France), anciennement nommée Trans Aide : https://ant-france.eu/
- L'association Flag ! : https://flagasso.com/, qui a également créé une application gratuite permettant aux victimes et aux témoins de violences physiques ou verbales de nature LGBTphobes (rejet des personnes lesbiennes, homosexuelles, bisexuelles, transgenres ou intersexuées) ou sérophobes (rejet des personnes séropositives) ou encore de violences conjugales, que ce soit sur Internet, à domicile, sur la voie publique ou au travail, de signaler les faits gratuitement et anonymement.

Il existe de nombreuses autres associations qui peuvent être des lieux de discussions en toute confiance.

Liste non exhaustive de contacts si vous êtes victime de harcèlement sexuel, d'agressions sexuelles ou si vous avez été victime de viol :

Voici la définition du Service Public de ce qu'est une agression sexuelle : « Acte d'ordre sexuel, sans pénétration, qui implique un contact physique exercé par violence, contrainte, menace ou surprise » et un viol : « Le viol est une atteinte sexuelle avec pénétration commise sans le consentement de la victime. Le viol est un crime. »

- Porter plainte - Service Public : https://www.service-public.fr/particuliers/vosdroits/F1435
- Collectif Féministe Contre le Viol : vous y trouverez de nombreuses ressources et un numéro à contacter (0 800 05 95 95) pour porter plainte ou pour discuter en toute sécurité : https://cfcv.asso.fr/
- Un numéro à se rappeler, créé par Clara Gonzales (@Claranote sur Twitter) : si quelqu'un vous harcèle dans la rue pour avoir votre numéro de téléphone, vous pouvez donner celui-là : 06 44 64 90 21.

Si la personne envoie un message à ce numéro, elle recevra un SMS lui rappelant la définition du consentement.

- L'association Nous toutes : sur leur compte Instagram (https://www.instagram.com/noustoutesorg/), elle propose des ressources pour lutter contre les violences faites aux femmes.
- Le mouvement français pour le planning familial : https://www.planning-familial.org/fr
- La fédération nationale solidarité femmes : https://www.solidaritefemmes.org/
- 39 19 : le numéro de téléphone du service public pour les femmes victimes de violences.

Imprimé en France par Aubin Imprimeur

Cet ouvrage a été imprimé sur un papier issu de forêts gérées durablement, de sources contrôlées.

Loi n° 49-956 du 16 juillet 1949 sur les publications destinées à la jeunesse, modifiée par la loi n° 2011-525 du 17 mai 2011.

IMPRIM'VERT
Votre imprimeur agit pour l'environnement

PEFC
10-31-1601
Certifié PEFC
pefc-france.org